寻路非洲

铁轨上的中国记忆

陈晓晨◎著

ZHEJIANG UNIVERSITY PRESS
浙江大学出版社

献给我的大学老师李保平。
他的足迹遍布非洲大陆，为中国的非洲研究事业奉献了一生。

02 一家中非合资样板
企业的兴衰

03 耕耘非洲
坦桑尼亚中国剑麻农场的
真实故事

序一

　　非洲，是一块神秘的大陆。在很多人的印象里，非洲有很多野生动物，非洲黑人很穷，住在茅草屋里，还有部落酋长。然而，非洲到底什么样子？更多人只能停留在遐想中，其中也难免有误解和误读。

　　与此同时，越来越多的信息表明，非洲是全球经济中一块未经足够开发的"金矿"，是"投资的处女地"。我一直在想，在全球化的时代，随着中国人和企业"走出去"的浪潮，我们的报道也应该"走出去"，走进非洲。我们对这块神秘的大陆了解得还太少。因此，当两年前晓晨向我申请去非洲旅行采访时，我毫不犹豫地批准了。

　　此后，作者孤身一人踏上了非洲大陆，开始了"重走坦赞铁路之旅"。回国后，有一些内容发表在了我们报纸上，更多内容凝炼成这本书。书中主要讲了三个故事：

　　第一篇　坦赞铁路：过去·现在·未来　以旅行者的眼光，向我

们娓娓道来坦赞铁路的故事。这是一条中国人修的铁路。如今,这条铁路到底怎么样了?这条铁路的背后有着怎样的故事?铁路沿线的非洲人都是怎么生活的?铁路的未来又在何方?书中对此做了全景式的描述。

第二篇　一家中非合资样板企业的兴衰　讲述了友谊纺织厂的故事。这是一家中国与坦桑尼亚合资的纺织公司。本文对这家纺织厂衰落的前因后果做了仔细的调查,展现了中非两种文化在一个点的冲突,很有样本意义。意欲走出去的国内投资者,应该把这篇当作重要的参考借鉴。

第三篇　耕耘非洲:坦桑尼亚中国剑麻农场的真实故事　到非洲种地当农场主,究竟可不可行呢?以点带面地剖析了农业"走出去"的一个案例。这篇文字以白描的方式,集中展现了非洲内陆乡村一个中国农场与非洲农民之间不断磨合的故事。

书中对真实的非洲有着生动的描述,很多让读者惊奇。书中说,由于非洲基础设施落后,道路很多是土路,"一下雨,路就没有了"。我还看到了晓晨被非洲当地警察索贿,警察先是暗示"还没吃早饭",后来恼羞成怒,说"你的车子颜色不对,罚款!"

作者一路的辛苦,比我此前想象的多很多。比如,书里说坐在火车上就像坐在船上一样,一摇一晃,让作者晕车吐了个七荤八素。更让我后怕的是疟疾的那段描述。此外,作者一路上多次遇到困难。这些都在书中被他轻描淡写地带过了,并不足以抵消他对非洲之行投入的感情。晓晨的"重走坦赞铁路之旅",看得出完全和"非洲兄弟"打成一片,不是浅尝辄止的白人殖民者式的游历,是一次真正的田野调查。作者与非洲人同吃、同劳动甚至同住过,这是一次真正的融入式采访。

　　当然，作者更给读者展现了一幅美丽的非洲画卷。一开篇，作者对东非大裂谷的景色描写，就给人一种身临其境的感觉。成排的椰子树、妇女身着花花绿绿的非洲传统服装头顶什物、奇异的热带花卉、热带草原上高大的猴面包树……即使没去过非洲，也能从文字里读出非洲的景象。作为本报的资深记者、也是"资深吃货"，作者对东非食物的热爱也溢于言表，书后的彩页即是他这一路"逢吃必照"的成果。

　　一直有批评说，财经记者只懂得写些干巴巴的数字，没有可读性云云。这部书的文字展现出来的画面感，深入浅出的表述方式，打破了这种成见。读者可以轻松地读完整部书，在欣赏之余，也能有所得。

　　在此，我愿意向读者们推荐这本书。这本书既是一次深入非洲的旅行纪录，又是一次深入异域的田野调查，还是一份有参考意义的建言。对非洲有兴趣的旅行者、投资者、政策制定者以及所有愿意了解非洲的人，都可以把这本书当作读物。

《第一财经日报》总编辑
2013年11月

序二

晓晨这部《寻路非洲：铁轨上的中国记忆》，使我又想起2013年4月参加中非友好代表团赴坦赞铁路局考察时的情形。

坦赞铁路是迄今为止我国对外援助付出最多的项目。半个世纪以前，坦桑尼亚和赞比亚在非洲独立浪潮中实现民族独立。在两国面临困境时，中国人民"勒紧裤腰带"为坦赞提供资金、技术和人员，帮助建成这条"非洲自由之路"，极大地促进了中非团结，为我国外交打开了一片新天地。

坦赞铁路也在很多20世纪六七十年代过来的国人的记忆里。马季的相声《友谊颂》，中间关于"倾缸大雨"的段子，还有"风吹草低见解放"，曾风靡大江南北。"坦桑尼亚"、"赞比亚"、"达累斯萨拉姆"也是那时候我这一代少年挂在嘴上当绕口令说的外国地名。

时过境迁，世界格局和中国国情都发生了根本变化。坦赞铁路作为中国援非的"金字招牌"、"无形资产"，至今仍然在为中国企业赴非投资服务，为"中国制造"行销非洲服务。然而，不可否认的是，目前坦赞铁路存在种种问题，经营出现了困难。我记得在坦赞铁路局参观时，望着空无一人的月台不胜唏嘘，对此深有体会。而晓晨只身一人，深入铁路沿线，对铁路进行了实地探访，全景式地展现了坦赞铁路的各方面情况，以及非洲当地的风土人情，给我们提供了丰富的材料。正如书中所说，坦赞铁路已经走到了一个十字路口，要么就此垮掉，要么浴火重生。拿这条铁路怎么办？这是摆在我们面前的一个不能回避的重大课题。

坦赞铁路具有很高的政治、经济和战略价值。坦赞铁路的兴衰与中国在非洲的国家形象密切相关。可以说，坦赞铁路是中国在非洲的一笔"品牌资产"。如果这个"金字招牌"垮掉，或被其他国家接管，将对我国在非洲的无形资产造成极大损失。

此外，坦赞铁路的经济价值不容小觑。坦赞铁路连接了印度洋和赞比亚北部铜矿带——世界上重要的铜主产区。而铜是重要经济资源，且具有航空航天和军事价值。我国铜的海外依赖度已突破60%，而且有不断上升的趋势。赞比亚铜带省铜矿储量丰富，近年来产量增长很快。随着铜价上升，勘探、投资增加，这一地区的铜仍有很大增产潜力。作为赞铜外运的重要出口通道，坦赞铁路对满足我国经济对铜矿的需求有重大经济意义。

在更大的地理范围上，坦赞铁路还有利于打造我国在南部非洲的战略布局。刚果（金）南部拥有比赞比亚北部更具潜力的矿产资源。目前，以该地为出发点的"南部非洲交通网"正在规划建设中。而坦赞铁路正是这个基础设施网络的一部分。

出于种种考虑，坦赞铁路的未来仍然与中国息息相关。希望这

部书能为关心这条铁路发展的人们提供一些"接地气"的材料，启发我们的思考。

这部书还以三个不同的案例，以点带面地展示了中非关系的历史沿革。大体上，几十年来的中非关系可以分为三大历史阶段：改革开放前，政治关系是中非关系的核心内容；改革开放后，中国逐渐调整援外政策，强调互利共赢，并开始经济援助改革；进入新世纪，特别是2006年中非合作论坛北京峰会召开以来，中非关系走向了新的时期。在这一过程中，中非关系从单一的政治关系走向全面的合作关系，从单纯的经济援助走向多元的互利共赢。这部书选择的三个案例——坦赞铁路、友谊纺织厂和剑麻农场，恰恰反映了政治援外、经援改革和"走出去"这三个时代。

随着时代的发展，中非关系也不断走向多元化、多层次、多渠道的全面合作。尤其是在经贸领域，中非贸易额从2000年的106亿美元增长到2012年的1985亿美元，中国已经是非洲最大贸易伙伴，"中国制造"深入非洲城镇乡村；中国对非直接投资存量由2003年年底的5亿美元迅速增长到了2012年年底的212亿美元，越来越多中国企业到非洲投资设厂，也助推了"非洲制造"。在教育、卫生、文化等领域，中非合作也保持了良好势头。孔子学院在非洲生根，非洲百姓也津津乐道于中国国产电视剧，中非公共外交发展势头良好，初步呈现出立体外交的格局。

不过，我们也应当清醒地看到，中非关系仍然存在这样那样的问题。在中非国家和企业之间、中资企业和当地劳工和社区之间、中国的能源资源利益与非洲的可持续发展之间、中国与传统西方国家之间，还存在着诸多矛盾。在前进中，应当努力克服这些困难。

而坦赞铁路修建过程中中非人民之间"手把手、肩并肩"的历史，
应当为今天赴非投资的中国企业提供精神养分。同时，"走出去"
过程中的经验和教训，也需要总结借鉴。我很高兴看到，这部书在
这方面有颇多着墨。

中国的对非政策同其他国家的外交政策一样，都有自己的战略
意图，都有自己的国家利益，这点毋需否认。但是，我们的基本出
发点是帮助非洲共同发展。事实上，也只有帮助非洲共同发展，才
能更好地实现中国的国家利益。中国的对非政策与中非合作的实践
表明，只有共同发展，"中国梦"和"非洲梦"才能携手并肩。

在工作中，我深感目前我国对非洲的了解认识是非常欠缺的，
无论是学术研究还是媒体报道都是如此。因此，我们需要更多有价
值的深入一线的调研。而这部书正是一次很好的尝试。作者既是财
经媒体的从业人员，又是民间智库的研究人员，在书中同时为我们
呈现了脚踏实地的报道和以小见大的分析，这是很难得的。衷心希
望读者能够通过阅读此书关注非洲，关注坦赞铁路，关注中非关系，
得出自己的体会。

是为序。

韩方明

全国政协外事委员会副主任、察哈尔学会主席

2013年11月

自序

　　决定踏上重走坦赞铁路之旅，最初的动力是来自笔者的大学老师——李保平。

　　李保平老师生前是北京大学国际关系学院教师，非洲问题专家，也是笔者大学时期同年级的班主任。说实话，李老师毕竟是上一代人，在年轻人看来多少显得有点儿"土"。他自己倒是一直很想和同学们打成一片，为此还时常找机会睡在学生宿舍，也因此闹了不少笑话。有一次，他不知怎么想的，不懂风情地掀开了一位同学铺上的帘子，结果不幸搅扰了里面的一对学生鸳鸯。李老师赶忙说，你们继续，你们继续。

　　李老师给我们讲授专业课《非洲政治与外交》。时值大四，无心上课，再加上李老师的课是在第一、二节，一大早八点开课，根本从床上爬不起来。所以，很惭愧地说，李老师的课笔者总共才上过一次，而且在昏昏中睡了过去的，只记得迷迷糊糊中，有不少非洲的照片，有狮子、大象，还有部落里的茅草屋。

国际关系，研究的虽说是整个世界，但是一般中国人一说起"国外"，首先想到的就是美国，其次是欧洲、澳洲，然后是日韩。至于非洲，远在普通人的视野之外，而且会把它当作"饥饿"、"野蛮"、"贫穷"之类的代名词。显然，这不被"主流"瞧得上眼。笔者在大学里，虽说学的是整个国际关系，但是眼睛盯的还是欧美，对非洲几乎是一无所知。

开始让笔者对非洲感兴趣的，是笔者的大学毕业典礼。典礼上，李保平老师作为教师代表致毕业寄语。他给我们讲了一段非洲的故事：说以前中国对非洲很下工夫，非洲也对中国有很多回报；但是，改革开放后一段时间，中国外交比较重视西方，对非洲不像原来那么重视了，于是有的非洲人说，中国人是"结识新朋友，丢掉老朋友"；而现在，中非关系正在进入新时期——说这话的时候恰逢2006年中非合作论坛峰会前夕。最后，他把这段故事当作寓言，叮嘱我们，毕业后无论结识多少新朋友，都不要忘了学校里的老朋友。

工作以后，对李老师比在学校时还多了解了一些。笔者采访过李老师，听他讲非洲是"风险与机会共舞"，还知道他去过二十多个非洲国家，经常是自费去，有时为了省钱住在没有空调的房间，在非洲的炎热天气下这是很不能忍受的——笔者这回在非洲内陆村镇，就经常住这样的房间，别说空调了，一停电连电风扇都不转，不一会儿就汗流浃背。这让笔者终于体会到李老师当年是多么不易。

2010年夏，笔者突然听到噩耗，李老师于最后一次非洲之行后不久不幸去世。他曾誓跑遍所有非洲国家。现在，这成了永远的遗憾。

他的去世给笔者触动很大。我开始想，究竟是什么，吸引着李

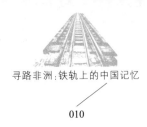

老师一次又一次踏上非洲之旅，不惜为之付出时间、精力乃至生命？

笔者找到了一个切入点：坦赞铁路。这也是受到了美国教授孟洁梅《非洲的自由之路》一书的启发。回到家，父母也告诉笔者，说坦赞铁路是他们那个时代人们耳熟能详的，还有一个讲坦赞铁路的相声段子《友谊颂》，包含了那一代人的集体记忆。不过，对笔者来说，更大的吸引力不是寻访历史，而是在新的时期，审视这条铁路对中国、对中非关系的意义。

2011年，在经过数月准备后，笔者只身一人踏上了非洲大陆，开始了重走坦赞铁路之旅。其间的辛苦大大超出笔者的想象。一路上，被小偷偷过，险些被抢过，过海关被刁难过，还在坦赞铁路沿线被人身拘禁过，至于被索要钱财那更是家常便饭。最大的麻烦还是疑似感染疟疾（直到现在笔者都闹不清那到底是疟疾还是其他疾病），身体不适，思维停滞混乱，让笔者差点产生"这条小命要搁在非洲"的想法。有一天晚上病症再次袭来的时候，一个人在旅馆房间里哭，觉得此生再也见不到父母了。

当然，此行的乐趣也超乎了笔者想象。非洲确实贫穷，非洲人的文化和思维习惯也确实与我们大不相同，但是她确实是"希望的大陆"。一路上，笔者与非洲人同吃、同玩、同劳动，与蚊虫们共进一盘餐，与非洲同呼吸。笔者一路遇见的非洲人、驻非洲的中国人和外国人，也都对笔者提供了热情的帮助。

首先，感谢笔者供职的《第一财经日报》的领导给了笔者这样一个平台，放手让笔者做自己喜欢的事情，对重走坦赞铁路之旅给予了大力支持。感谢中国驻坦桑尼亚大使馆、中国驻赞比亚大使馆、中国驻南非大使馆、坦桑尼亚驻华大使馆、赞比亚驻华大使馆促成了此行，并在旅途中提供了便利。

感谢美国马卡莱斯特大学教授孟洁梅（Jamie Monsoon）与笔者分享了她的研究成果，并向笔者介绍了她在坦赞铁路沿线的向导。感谢北京大学非洲研究中心主任李安山教授、刘海方老师和中国农业大学人文与发展学院院长李小云教授为笔者此行提供各种信息。感谢南非金山大学为此次旅行提供部分经费支持，本书中的内容也是金山大学中国—非洲报道项目（Wits China-Africa Reporting Project），特别感谢新闻系布里吉特·里德（Brigitte Read）为促成笔者此行以及为促进中非媒体交流所作出的贡献。

感谢在笔者旅途中接受笔者采访的所有人，其中特别感谢坦赞铁路技术合作中国专家协调组组长苗忠、中坦合资友谊纺织有限公司总经理吴彬、中非农业投资有限公司副总经理管善远，祝愿坦赞铁路、友谊纺织厂和剑麻农场都有光明的未来。感谢中国援赞医疗队，以及华为公司东南非地区部的老汪和梁立，在笔者患病时为笔者提供了治疗和大力帮助——笔者认为，援非医疗队代表了中国在非洲的优良传统，而华为这样的民营企业则代表了中国在非洲新兴的市场力量，二者同为未来中国对非洲战略的两大支柱。感谢笔者的向导查拉米拉（Chalamila）、乔治（George）和那斯罕（Nathan），他们辛苦工作，为笔者保驾护航，特别是查拉米拉还化解了一次抢劫险情。从他们身上，笔者看到了非洲普通百姓对中国人的情谊。

为笔者的重走坦赞铁路之旅提供帮助的还有很多人，恕不能一一列举，在此一并致谢！

回国后的成书也是一项大工程。感谢第一财经研究院实习生吴劭杰、张煜如、娄敏、迟琳、孙佳宁、陈思佟、师文涛、袁子焰等

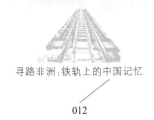

同学整理录音、各种文字资料和制作图表，也在此特别对大家忍受"非洲式英语"的折磨表示歉意。感谢为本书成文提供帮助的所有同事，特别感谢《第一财经日报》编辑郭涛涛、宋冰、马俊为本书文章的内容和标题等进行的修改订正。在报纸上刊发了部分内容后，《第一财经日报》编委徐以升最早提出了结集出书的想法，并且一直在鼓励甚至是督促笔者，克服了笔者的惰性，在此表示特别感谢。感谢蓝狮子出版中心的图书编辑宣佳丽为成书付出的努力，特别是在成书遇到挫折、笔者快要放弃出书的时候，给予了大力支持。在书稿初成后，有很多师长、朋友提出了宝贵的修改意见，在此也一并致谢！当然，书中的谬误、疏漏、不当之处，概由作者负责。

本书付梓之时，第一财经研究院即将成立。笔者相信，这将是一个以创新方式为中国的国际问题研究作出贡献的智库，其中也包括对非洲问题的研究。笔者也将此书作为研究院成立的献礼。

为笔者的重走坦赞铁路之旅提供帮助的还有很多人，恕不能一一列举，在此一并致谢！

最后，感谢我的父母。古人云："父母在，不远游。"但是，儿子工作职责所系，这些年一次次背上行囊远赴五洲四海。每次笔者远行，父亲都会找来世界地图，在上面努力标出笔者的旅行路线，每天都会发短信问候。当笔者行至坦赞边界的时候，由于手机信号不通，有两天时间失去了联系。可以想见，那段时间父母是多么着急。在此，笔者也对时时刻刻为笔者在海外安全操心的父母表达愧疚与感激。

在非洲，我时常感觉，自己被扔到了一个平行时空里，有时周遭的一切与故乡如此迥异，而有时又感到很熟悉。在非洲，时刻想着中国。回到中国，又时刻想着非洲。

我们的重走坦赞铁路之旅，就这样暂告一段落了。不过，无论是笔者的旅行，还是中非关系的旅程，都还远远没有结束。就在本书将要付梓的时候，一个新的思路涌现：未来，随着坦赞铁路整修提升，安哥拉的本格拉铁路（Benguela Railway）重建运营，这两条"中国人的铁路"有望各自延伸，最终在非洲腹地汇合。这样，整个南部非洲东西方向的铁路干线将打通。如果操作得当，南部非洲的资源将得到更好的开发利用，服务中国经济，也服务非洲当地百姓。

笔者也正在依此思路筹划下一次旅行——从非洲大陆东端出发，先沿着坦赞铁路，经由上次停下脚步的赞比亚北部铜矿带，然后再出发继续向西，穿越刚果（金）南部，坐上安哥拉的本格拉铁路，最后抵达非洲大陆西端，从印度洋到大西洋，完成"横穿非洲大陆之旅"。

终点，同样也是起点。

陈晓晨
于北京远洋新天地
2013 年 11 月

01

坦赞铁路
过去·现在·未来

"非洲离我们这儿多远？"
"20千米。"
"多少？"
"20多千米啊。"
"多多少啊？"
"20多一万千米。"
"咳!"

这是相声大师马季、唐杰忠的著名段子《友谊颂》中的对白。这个段子曾红遍大江南北，成为一代人的集体记忆。它说的就是中国援建坦赞铁路的历史。

在这段相声的40年后，笔者踏上重走坦赞铁路之旅。为的不是替我的父辈怀念过去的时代，而是站在历史的肩膀上，眺望坦赞铁路的未来，寻找中非关系的道路。

非洲，坦桑尼亚，东非大裂谷。

大裂谷是人类的摇篮。数万年前，我们的祖先们走出大裂谷，走向全世界，孕育了芸芸众生。此时，这里已经悄悄弹起雨季的前奏。"东非天，孩子脸。"不时有一阵雨哗地落下，旋即又放晴。就像这里的人一样，热情，直接，又充满孩童气。

夕阳下，一列火车在大裂谷里缓缓穿行。铁路早已年久失修，列车行进时发出很大的"吱吱嘎嘎"的声响。车厢前后、左右、上下剧烈摇晃，在车厢里像是坐在船上在大海航行一样，感觉随时都要脱轨似的。脱轨的感觉并非不真实——车窗外，不时看见散落着脱轨的车厢，有的看起来还很新，有的已经锈迹斑斑，还有的只剩下底盘。脱轨之后，它们就静静躺在路边，无人打理。

前方依稀看到一个东非村落。火车的到来，扰破了村子的宁静。村落里的黑人小孩赤着脚，穿着脏兮兮的衣服，有的光着身子，大一点的小孩背着小小孩。他们笑着闹着跟着火车跑，同时向火车伸着小手，希望乘客能扔下一点什么东西，小到矿泉水瓶，大到相机。得到垂青的孩子们忙着争抢"战利品"。他们身后，是他们祖祖辈辈生活的村落，茅草覆盖下泥巴糊成的房子错落有致。远处，是大裂谷的重山与深谷，热带丛林在夕阳下映衬出玫瑰的颜色。

这就是著名的坦赞铁路，是中国人给非洲留下的礼物。它从南部非洲腹地出发，跨过半个大陆，穿越森林、高山、峡谷和草原，历经1860千米路程，最终将触手伸向温暖的印度洋。这是一条被誉为"友谊之路"、"自由之路"的非洲交通大动脉。

笔者就在这列火车里。连日的颠簸，已经让笔者熟悉了坦赞铁路缓慢而摇摆的节奏。眼前的景象既陌生又熟悉。陌生的是，笔者一个人身处异域，眼前的人、事与景致都与故乡似乎完全是两个世界，无论是窗外的茅草屋、眼前操着各种语言试图跟笔者搭讪的黑人、还是盘中用手抓着吃的"乌咖喱"（Ugali）；熟悉的是，列车上的中国元素随处可见，从洗手间门把手上"有人""无人"的汉字，里面的"唐陶"，到"青岛某某铁路客车电气设备"出产的配电箱，到蓝白相间的"东方红"火车头，再到20世纪70年代的那种老式电风扇上醒目的中国铁路标志：铁轨上的列车。

从万里之外的中国到非洲腹地，笔者正是为了寻访这样一条既熟悉又陌生的铁路：它离我们如此遥远，却又与中国息息相关，无论是历史，现在，还是未来。

2011年11月至12月，笔者只身一人从坦赞铁路"零千米"处——坦桑尼亚达累斯萨拉姆港口出发，断断续续历时30天，经历了远远超出预想的艰辛旅程，克服了身体上、语言上、文化上的诸

多困难，最终走完了坦赞铁路全程，到达了坦赞铁路的终点——赞比亚小镇卡皮里姆波希（Kapiri Mposhi，又译"卡比里姆博希"）。笔者一路走、一路谈，采访了很多坦赞铁路职员，上至总局长、分局局长，下至普通司机和扳道员，以及坦赞铁路退休员工、中国技术专家、老援外工人和当地村民等，从不同侧面揭示了坦赞铁路历史、当前实际运营情况和铁路未来发展方向。笔者还深度探访了沿途的城镇村落，与当地人零距离接触，对铁路沿线的社会经济与民众心理做了采风。

　　归国后，笔者将这段旅程凝成文字，以此向为坦赞铁路付出辛劳乃至生命的前辈致敬，也向为坦赞铁路擘画未来的当代工作者致敬。更重要的是，站在历史看未来，分析这条铁路在我国对非洲战略中的重要价值，探讨利弊得失，展望坦赞铁路和中非关系的未来。

印象

第一次亲密接触

飞机从郁郁葱葱的热带丛林的上空缓缓下降，降落在坦桑尼亚经济中心达累斯萨拉姆（Dar es Salaam，简称"达市"）。此时，旱季行将结束，天气变得炎热而闷湿。

坦桑尼亚位于赤道以南不远，印度洋与东非大裂谷之间，属热带季风气候。每年的5月末到10月，降雨稀少，内陆省份有时没有一丝雨水，干旱笼罩大地。这时也最容易爆发粮食危机，以及饮用水不洁引发的霍乱。

图 1　鸟瞰坦桑尼亚

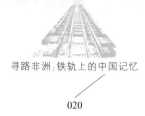

11月到来年5月，东北季风吹来印度洋的水汽，滋润干渴的土地，恢复青葱的生机，但伴随而来的是大量蚊虫和它们身上携带的疟疾、睡眠病、黄热病等可致死的热带疾病。

疟疾与艾滋病并列为非洲人的主要杀手。2010年，据估计有少则数十万、多则数百万非洲人死于疟疾——由于疟疾发病急，致死快，很多感染者根本来不及去医院，因此死亡人数的估算相差极大。笔者在采访中见过一个日本人，头一天遇见时还很健康，第二天就听说身故，据说疟疾只用了个把小时就夺走了他的生命。

笔者在旅行中也疑似中招：一天凌晨，笔者心悸惊醒，一试体温，40.5℃。笔者见势不妙，立刻服下抗疟药"青蒿素"。两小时后，高烧退去，满身大汗，浑身无力。此后，疑似疟疾后遗症还反复发作了几次，周身乏力，思维停滞。靠毅力支撑，笔者才走完坦赞铁路全程，但不得不提前回国。直到整理这部书时，笔者的身体仍然不时为这些症状所困。

刚下飞机时，笔者还不知道疟疾竟有如此威力。率先给笔者下马威的是坦桑尼亚的"热度"——在39℃高温和高湿下，不一会儿笔者全身都浸满了汗水，只好在机场的小店休息，大口大口喝水，喘息。不一会儿，就喝掉3瓶矿泉水，每瓶1000坦桑尼亚先令（简称"先令"，Tsh，坦桑尼亚官方货币，汇率时常波动，本书以人民币1元兑260先令为基数，下同），约合人民币4元。

坦桑尼亚，世界上最不发达国家之一。人口4484万，GDP仅230亿美元，人均收入为中国的1/10。与很多国人的印象相反，非洲不少国家的物价都超过国内，原因是非洲极度缺乏制造业，很多物资需要进口，价格自然就贵。旅游业、矿业和农业是坦桑尼亚三大经济支柱，这也恰好分别是西方人、中国人和当地人眼中不同的坦桑尼亚。

尼 雷 尔

与坦桑尼亚的贫困相符，这个国家的"首都机场航站楼"其实只是一幢两层小楼。与这个不高的小楼相比，"尼雷尔国际机场"几个大字格外醒目。

朱利叶斯·尼雷尔（Julius Nyerere）是坦桑尼亚的国父、首任总统。在坦桑尼亚官方语言斯瓦西里语（Swahili，简称"斯语"）中，尼雷尔被尊称为Mwalimu，即"导师"之意。1961年，尼雷尔领导坦噶尼喀（Tanganyika，即今坦桑尼亚的大陆部分）脱离英国殖民取得独立，1964年与桑给巴尔（Zanzibar，印度洋上的海岛，现在已经成为旅游胜地）合并，两个国名各取前三个字母，于是新国家称为坦桑尼亚（Tanzania），意为"坦噶尼喀与桑给巴尔人的土地"。到2014年，坦桑尼亚就迎来了她独立50周年。

然而，尼雷尔的志向不仅是本国的独立。作为一个反殖民斗士，他的理想不仅是政治独立，还有经济独立。作为一个泛非主义者，他的理想是整个非洲的团结。为此，他将目光投向了他的邻居：赞比亚。

1964年，赞比亚（Zambia）在其国父肯尼斯·卡翁达（Kenneth Kaunda）的领导下独立。然而，独立后的赞比亚面临巨大的经济困境：在殖民地单一经济体系中，铜的出口是赞比亚经济命脉；赞比亚是内陆国家，出口运输需要沿着英国殖民者修的"南线铁路"南下经南罗得西亚（注：Southern Rhodesia，原英国在非洲的殖民地，

现津巴布韦。1965年,南罗得西亚白人政权非法宣布成立"罗得西亚",但未受国际社会承认。以下统称为"南罗得西亚")和南非;而当时南非和南罗得西亚都是白人种族主义政权,与赞比亚严重对立,堵死了赞铜外运的南下道路。此外,与赞比亚接壤的安哥拉和莫桑比克当时还都是葡萄牙殖民地,西南非洲(今纳米比亚)还在南非白人政权控制之下,地缘政治形势极端恶劣。由于被敌对的西方殖民者包围,赞比亚在当时又被称作"前线国家"(frontier country)。

1965年,形势更加恶劣。以史密斯为首的南罗得西亚白人政权单方面非法宣布独立,在黑非洲建立了一个白人国家,而这个国家里的广大黑人不能享受基本权利。这个政权受到了联合国的制裁。为了应对制裁,南罗得西亚对赞比亚实施了全面封锁,不仅禁止汽油等物资进入赞比亚,而且对赞比亚进出的货物征收高额路费。

怎么破局?卡翁达把目光投向了东邻坦桑尼亚。坦桑尼亚是当时赞比亚唯一的友好邻邦,但是坦赞之间的公路是非常劣质的土路。装满铜片铜线的重车在坑坑洼洼的土路上行驶极为困难,车祸频繁,而且一下雨连路都没有了。如果能铺设一条从赞比亚北部铜矿带到坦桑尼亚达累斯萨拉姆港的铁路,赞铜外运的问题就能得以解决。此外,加强与坦桑尼亚的战略联系,获得印度洋出海口,也有助于赞比亚摆脱强敌环伺的不利局面,并支援周边殖民地的非洲人反抗殖民统治。这便是坦赞两国希望修建坦赞铁路的动力。

但是,坦赞两国都缺乏修铁路的资金和技术,靠自己修是不可能的。于是,尼雷尔和卡翁达先是寻求西方的帮助,后转向苏联。然而,他们的求援之旅处处碰壁。英国人认为,既然已经有了英国人修的"南线铁路",根本不需要建设坦赞铁路了。美国人对尼雷尔充满了警惕,担心他是"共产主义阵营在非洲的代理人"。苏联人则口惠而实不至。两个人把最后的希望寄托在了中国身上。

达市客运站,中国民族风

从尼雷尔机场出发,笔者乘坐的车子行驶在通向市区的主干道——尼雷尔大道上。窗外,是蓝天白云。街边成排高大的椰子树张开臂膀,慵懒地晒着赤道的艳阳。街上跑的满眼都是日本二手老爷车,一发动,车尾就"嘟嘟嘟"地往外喷黑烟,浓烈刺鼻,此时可是断不能打开车窗的。路况也不好,堵车很常见。只要车一停下,小商贩们就会身背各种小商品上前兜售,此时需要把车门锁好,小心财物。黑人少妇头顶着各种什物在街边走,无论怎么走,东西都会神奇地待在头顶而不会掉落。女人有很多穿着传统的东非女装"康嘎"(Conga),或蓝白相间,或花花绿绿。廉价球衣则是男人的最爱,假如他们穿上衣的话。满眼都是非洲的异域情调。

在即将进入市区的时候,一个写着"Tanzania-Zambia Railway

图 2　坦赞铁路达市客运站

Authority Head Office"（坦赞铁路局总部）的牌子赫然立在右手边。一个"微缩版中国火车站"立刻映入笔者眼帘，在周围低矮的棚户映衬下鹤立鸡群。这就是坦赞铁路达市客运站。

与市区的喧闹相比，这个下午的达市火车站显得太过安静。偌大的车站广场空无一人，显得空旷。原因是，这一天没有列车始发或到达。事后笔者才了解，坦赞铁路每周只运行两趟客车：一趟快车，一趟慢车。"微缩版中国火车站"与周围贫民窟似的房屋相比虽显豪华，却没有发送多少旅客，这是坦赞铁路纠结历史的缩影。

直到望着眼前挂着"坦赞铁路—达累斯萨拉姆"标志的车站，笔者才真切地觉得，自己已经到了非洲，到了坦桑尼亚。

坦赞铁路，我来了，我看见了。

车站是一幢灰色的建筑。正面是一排高大的立柱支撑起整个建筑，两旁是那种中国20世纪70年代典型的镂空窗。穿过一道厚重的木门，就进入了候车大厅，仿佛回到了中国一样。候车大厅分上下两层，一层是售票窗口和货物托运。沿着大理石台阶走上楼梯，是

图3　坦赞铁路全线鸟瞰图

一个坦赞铁路历史图片展，挂着周恩来与尼雷尔握手的照片。沿着这道照片墙走上楼，大厅二层正中央挂着一幅图，图上用中文写着"坦赞铁路全线鸟瞰图"字样，这是坦赞铁路的微缩地形图，向我们清

晰地展示了这条铁路沿
途经过的山川河流。整
个候车大厅宽敞、明
亮。二层外有一个引
桥，可以开车直上二
层，外观很像国内一些
火车站的引桥，只是小
一号。二层后面就是站
台了。整个建筑高大、
整洁、简约，典型的"中国民族风"。

图 4　车站二层后面的站台

1965年，尼雷尔第一次来到北京时，眼前大概就是这种式样的建筑。他被领到天安门广场旁边一个融合西式石柱、宽阔台阶的高大建筑里。准备接见他的是时任中国国家主席刘少奇。

援建坦赞铁路

达累斯萨拉姆是坦桑尼亚最大的城市。她坐落在印度洋岸边的一个小海湾里，在阿拉伯语中是"和平之港"的意思。1964年到1973年间，这里是坦桑尼亚独立后的首都。1973年以后，行政首都迁往位于内陆的多多马，但是达累斯萨拉姆仍然是事实上的首都和全国经济中心。总统府、总理府、政府办事机关、外国使领馆和一些重要的地区和国际组织办事处都仍然设在这座海港城市。

一条大街东西横贯达累斯萨拉姆市中心，有点类似于北京的长安街。街道的名字叫"自由大街"（Uhuru St.）。沿着自由大街一直走到海边的尽头，不远处就是达累斯萨拉姆的地标建筑独立广场了。

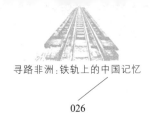

广场上到处一片青绿：各种热带树木苍翠欲滴，奇花异卉香酽色艳，喷水池塘中央一只石雕仙鹤悠然自立——象征着民族的独立。在广场偏东处，耸立着"自由纪念塔"。塔身呈柱状，高约20米，顶端是一把鲜红的火炬，仿佛在熊熊燃烧。塔座上，用烫金镌刻着"自由与团结"。

自由，斯瓦西里语Uhuru，也被用来形容独立。坦桑尼亚人认为，他们从英国殖民者手中解放出来、获得自由，是政治上的独立；而坦赞铁路给了他们经济上的独立。也正因为此，当地人管坦赞铁路叫"自由之路"（Uhuru Railway）。

这条"自由之路"的缘起，要追溯到40多年前尼雷尔对北京的那次访问。

彼时，中国国内经济刚刚有所恢复，却又面临着空前险恶的国际环境：北方有苏联陈兵百万，西南与印度刚刚交战，南边是美国刚刚升级了越南战争。在国际上，中国同时与美、苏两个超级大国为敌，四面被围，处境艰难，迫切需要打开一片天地。而此时正是非洲殖民地独立浪潮。与新生的非洲国家打成一片，是那时中国外交的必然选择。尼雷尔的访华恰逢其时。

关于40多年前与刘少奇的那次会谈，尼雷尔后来是这样回忆的：当时，他考虑到中国并不富裕，仅向刘少奇请求援建一个纺织厂。刘少奇爽快地答应了。尼雷尔这才尝试着提出他真正的要求：请求中国援建坦赞铁路。据尼雷尔后来回忆称，刘少奇当即拍板："如果你们需要，我们就干!"

然而，根据中方的史料记载，刘少奇当时的回答是："可以考虑。但需要较长时间……第一步是勘察。"

两个版本的迥异，折射出当时中国高层的不同意见。当时，对外援助的多少属于最高政治问题，也引发了很多分歧。时任国务院副总理方毅起初对援建坦赞铁路持保留态度，认为中国若援建需要"勒紧裤腰带"，代价太大，得不偿失。有理由认为，刘少奇也在某种程度上倾向这一观点。但是，周恩来算的是"政治账"，从战略高度看待援建坦赞铁路的价值，认为支持坦、赞是"穷帮穷"，并由此团结一大批非洲国家。这也代表了毛泽东在对外援助问题上的一贯态度。

笔者以为，中方的记载似乎更可信一些，而尼雷尔的回忆可能不大准确。如此重大的工程，显然需要通盘考虑，需要最高领导人的决断。

在权衡之后，中国决定上马。当然，背后还有种种复杂的故事。在艰苦的勘测设计与同样艰苦的外交折冲后，坦赞铁路动工了。

1970—1975年，我国在国力不强的情况下，耗资约10亿人民币为修铁路提供贷款，还提供了价值数亿的设备，动用了5万余人次技术管理人员和工人参与建设，在崇山峻岭之间、荆棘遍地之中、疾病肆虐之下，与当地人一起修建了这条"非洲自由之路"。马季、唐杰忠的相声《友谊颂》曾经脍炙人口，反映的就是援建坦赞铁路的故事，它是那个年代中国人的集体记忆。有至少60多位中国人为了这条铁路长眠在异国他乡。迄今为止，这仍然是中国最大手笔、付出最多的援外工程。中国人的付出与牺牲的准确数字至今都难以确切统计。

1975年，坦赞铁路全线通车。通车以来，成吨的赞比亚铜矿得以外运，沿线的物流也得以提升，当地人民生活有了很大改善。

1997年,坦桑尼亚发生特大洪涝,洪水冲毁了德国人修建的坦桑尼亚中央铁路,而中国人修建的坦赞铁路却岿然不动。2008年,北京奥运会的火炬传递到了达累斯萨拉姆,当地人民像庆祝自己的节日一样欢迎火炬的到来,而火炬接力的起点正是坦赞铁路达市客运站。

今天,新中国第一代领导人当年承诺的铁路和纺织厂都仍然在运营。笔者在达累斯萨拉姆采访期间,就住在这家名为"友谊"的纺织厂——友谊纺织厂是另一段值得书写的故事(详见第二篇:《一家中非合资样板企业的兴衰》)。两个项目都为当地经济发展、人民生活改善和中非友谊作出了巨大贡献。

因为种种原因,目前这两个项目的经营都面临着很大困难,但都还在艰难维持,并探索未来转型之路。这是从政治援外向双赢模式的转身,过程也许会很痛苦,需要我们认真观察、探讨、总结。

在坦赞铁路局总部

在坦赞铁路达市火车站的旁边,有一幢三层办公楼。办公楼呈"山"字型,青砖墙,镂空窗。办公楼里,办公室的木门,纱窗上的铁钩,墙上的上海钟表,无不透露着建造者的国籍信息。办公楼的后面是个小花园,在湛蓝的天空下,舒服惬意。若不是这里进出的黑人,会让观者以为时空穿越回到了20世纪70年代的中国。

这就是坦赞铁路局总部。笔者造访的时候,恰好赶上"发洪水"——不知哪里的水管破裂,把办公楼门前的空场变成一个小湖,笔者必须坐"陆地巡洋舰"才能到达楼门口。刚到坦桑尼亚,低下的基础设施水平就给笔者上了生动的一课。

进入办公楼门厅,墙上并排着三幅黑白肖像。这是缔造坦赞铁路的三位领导人。左边的是坦桑尼亚开国总统尼雷尔。他天庭饱满，脸型消瘦，花白胡子，笑容灿烂。要不是身着中山装，活脱脱就像一个非洲农民。右边的是赞比亚开国总统卡翁达。他面容有点富态，眼神炯炯，穿着像是中山装和非洲传统服装的混搭。这位饱经沧桑的历史见证人仍然健在，2011年还以87岁高龄访问中国，继续为维护中赞友好发挥余热。正中间是毛泽东——在很多非洲人眼中，他就是"中国"。

肖像下是镶着木框的宣传黑板，像极了笔者小时候学校的板报。上面用粉笔写着坦赞铁路货物运输的数据。最下方显眼处的手写文字，翻译过来是：

客运量（人）　　　目标82875　　　实际完成59122
货运量（吨）　　　目标828750　　　实际完成639386

三幅肖像，诉说着坦赞铁路辉煌的历史；而数据的差距，则暗示着坦赞铁路如今的困境。

图 5　坦赞铁路总部的三幅黑白肖像

图 6　坦赞铁路货运数据

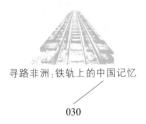

坦赞铁路全长1860.5千米,单线窄轨铁路,设计最大坡度2%。全线有车站53个,隧道22座,桥梁318座,其中坦桑尼亚西部的爬坡路段最为崎岖艰险,那也是修建铁路时难度最大、牺牲最多的地方。

根据周恩来确定的方针,中国对坦赞铁路只是建设,铁路的主权仍然归坦、赞两国政府——这是与殖民列强的根本区别。在建设过程中,周恩来也不厌其详地反复叮嘱援外职工,要尊重非洲当地人,"不要搞大国沙文主义"。1976年,中国将坦赞铁路移交给坦、赞两国。两国政府共同成立了"跨国国有企业"——坦赞铁路局负责管理,中国人不负责坦赞铁路的运营。然而,坦、赞两国严重缺乏铁路管理的人才和技术。除少数管理人员在中国北方交通大学进修外,大部分员工都毫无铁路管理经验,完全是零基础。因此,一大批中国专家留在坦赞铁路,手把手地教当地人如何做管理。

笔者获准进入这栋楼参访。沿着楼梯走上三层,迎面正对着一间办公室,门口悬挂着一个红色中国结,向来宾提示这间办公室的主人来自何方。门上方钉着一块白色名牌,上面写着"CRET Leader"。CRET指的是"中国铁路专家组"。现任组长苗忠正在那里笑呵呵地等候笔者的来访。

在铁路建成后,中国铁路专家组的职责是帮助坦赞铁路管理运营。为了让坦赞铁路运转良好,中国与坦、赞两国在铁路移交后旋即正式开展技术合作,实质上是从零开始,手把手地向当地人传授铁路管理知识和技能。初期,技术合作的主要工作之一就是做人员培训。培训的内容,大到整个铁路的运输,小到如何卖票。

坦桑尼亚人哈吉·基万加(H. Kiwanga)是坦赞铁路第一批售票员。然而,就是卖票这样在我们看来很简单的工作,却也需要中国人手把手教。

长期以来，非洲的教育水平低下，文盲率很高。哈吉的父亲是当地部落的大酋长，享受优越的条件，却也仅仅上了小学，这在当地已经算是"知识分子"了。刚一开始学习售票，那么多数字的加减乘除，他一下子就晕了。

哈吉的师傅是一位和蔼年长的中国人。由于年代久远，已经无从考证他到底叫"老史"、"老时"还是"老石"；还有可能哈吉误把"老师"的汉语发音当作这位中国师傅的姓氏。他回忆说，这位老师非常耐心，教他做运算，还通过翻译一项一项地拆解《售票指导手册》的内容，在哈吉不明白的时候解答疑问。在中国师傅的指导下，他很快掌握了售票这项技能，加减乘除运算也很熟练了。这在非洲当地并不多见。在坦赞铁路正式运行后，他成为一个大站的售票员。

在中国人的帮助下，坦赞铁路曾经在运行初期迎来过辉煌时期。据当事人回忆，当时这栋办公楼人员进出繁忙，来客只好经常在门厅的三位领导人头像下等候。当时进进出出的人恐怕并没有太多人意识到，这样的辉煌却是昙花一现。

1986：分水岭

坦赞铁路的设计运输能力为200万吨/年。然而，这个理论最大运量在现实中从未达到过。1977年度，即移交后的第二年，坦赞铁路曾完成了127万吨的年货运量——这也是历史最高峰了。1979年，坦赞铁路遭到南非和南罗得西亚雇佣军的破坏，两座重要的铁路桥被炸毁，造成全线停运数月；但是，在中国的紧急援助下，第二年又

恢复了繁忙的运输。1983—1986年度,坦赞铁路年均货运量还能保持在100万吨以上,年均客运120万人次左右,当时的铁路还能盈利。

但是,好景不长。据哈吉回忆,从1986年以后,坦赞铁路的运量逐年下降,最低到了仅37万吨/年。没有货运收入,铁路自然连年亏损。在很多其他人的回忆中,"20世纪80年代中后期"都是一个分水岭,其中"1986年"多次被提及。

那么,1986年,以及20世纪80年代中后期都发生了什么,改变了坦赞铁路乃至很多人的命运?

20世纪80年代,整个国际形势和非洲地区格局发生了重大变化。尼雷尔和卡翁达都是杰出的非洲政治领袖,为坦、赞两国的独立作出了巨大贡献。然而,他们在发展经济的问题上并不得心应手。独立后,坦、赞两国经济长期踯躅不前——当然,其中也有复杂的原因。到了80年代中期,坦、赞国内经济窘困,"国父"的光环褪色,出现了要求政治变革的呼声,两位坦赞铁路的缔造者也先后交出政治权力。

赞比亚铜矿产量也在这一时期大幅下降。由于赞比亚国内经济不振,对铜矿缺乏必要的投资,全国铜矿年产量从独立时期的数十万吨规模下降到几万吨。这等于掐断了坦赞铁路的上游,使得为出口铜矿石而生的坦赞铁路成了无源之水。

与此同时,随着美国进行了"里根改革",美元进入长期上行周期,大宗商品价格进入下行周期,其中也包括铜价大跌。这在进一步抑制对铜矿投资的同时,还降低了赞比亚的创汇收入,使赞比亚经济雪上加霜,进口能力大幅下降,自东向西的货流也凝滞了。

随着"冷战"走向尾声,非洲大陆的意识形态色彩开始褪色。

（单位：万吨/年）

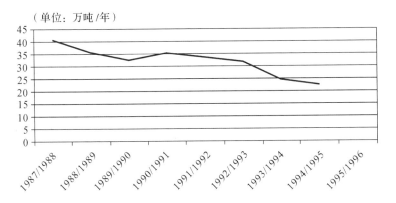

1987—1996年经坦赞铁路出口的铜及其他金属运量

1980年，南罗得西亚的白人种族政权下台，穆加贝领导当地黑人取得了真正的独立，国家也更名为津巴布韦。20世纪80年代后期，南非种族隔离制度也开始松动。南部非洲政治变局的直接受益者是赞比亚。前文说到，坦赞铁路的修建，其主要目的就是把赞比亚的铜矿运往海港。1989年，赞比亚—南非铁路（即"南线铁路"）重新开通，这使得赞比亚的铜矿可以向南经由津巴布韦到南非的德班港（Durban）或其他南非港口。竞争者的出现，分流了从赞比亚出口的货物，对坦赞铁路无疑是个冲击。

进口渠道也出现了竞争者。为了在非洲扩大影响力，出于赢得"冷战"的目的，几乎在中国修建坦赞铁路的同时，美国也在修建坦赞大北公路，从达累斯萨拉姆到坦桑尼亚南部城市马坎巴科（Makambako），然后几乎与坦赞铁路平行地伸向赞比亚。公路虽然运量小，但是运输方式灵活。与此同时，日本当时也在积极扩大在非洲的市场，将很多日本产二手车销往非洲，也包括坦桑尼亚。如此一来，日本的二手车跑在美国修的公路上，分流了大批达累斯萨

拉姆港口的货物,坦赞铁路的进口方向(从坦桑尼亚到赞比亚)也受到了影响。

坦赞铁路开始下滑的时期,恰好也是中国对非洲战略转型调整的时期,二者在时间上重合。

在这一时期,中国的内政外交都发生了重大变化。在改革开放的大背景下,1980年,当时主管援外工作的对外经济联络部召开了全国外经工作会议。这是新中国对外援助历史上的一个重要节点。此前,各个方面在要不要以及如何继续援外的问题上已经进行了数年争论。最终,会议采用了折中意见:要继续援外,但要"量力而为"。1983年1月,时任中国国务院总理赵紫阳访问坦桑尼亚,在达累斯萨拉姆宣布了中国新的对外援助方针:"平等互利,讲求实效,形式多样,共同发展"。

在赵紫阳访问坦桑尼亚后,中国铁路专家曾一度再次介入坦赞铁路的管理运营,这成就了坦赞铁路在1983—1986年度年运量百万吨的辉煌。然而,在结束了第四期合作,即1986年以后,中国专家的数量逐次减少,从200人降到170人、122人,1995年更是锐减至35人。后来,合作的性质也从全面指导变成有限咨询。此后,最少时中国专家仅有6人。

20世纪八九十年代,在"对外开放"旗帜下,中国外交比较强调对西方的工作,对非洲工作的权重相对来说下降了。有人说,当时的中国是"战略撤出非洲";有的非洲人说,中国人是"结识新朋友,丢掉老朋友"。这话可能说得有些片面了;不过,它也从侧面反映了当时中国对非外交的现实——传统的意识形态因素在下降,而新兴的市场力量还在襁褓中,出现了青黄不接。

当然,正如笔者将要在下文中揭示的那样,坦赞铁路经营状况下滑,坦赞铁路自身管理不善才是根本原因。1984年年末,坦赞铁路局拿出了一个《十年发展规划》(1985—1995),寄望运量能够增长。事实却是,这十年反而成为坦赞铁路走向滑坡的时期。其中,各种外部因素的叠加也产生了一定影响。

无论如何,一个不争的事实是:坦赞铁路的经营状况不断下滑,1986年成为一个分水岭。年运量方面,从1986年的100万吨下滑到1993年的60万吨,最后更是降到了30万吨左右。收入方面,由于坦、赞两国货币大幅贬值,1986年以后坦赞铁路的收入在名义上增加很多,但支出也水涨船高。在严重低估折旧的情况下,坦赞铁路在财务报表上"被盈利"。进入20世纪90年代,在重新估价折旧后,连账面上的盈利都无法实现了。铁路进入了连年亏损的困窘时期。

如果做个直观的比较,坦赞铁路目前一年的运量仅仅相当于北京铁路局半天的运量。运量如此可怜,亏损的状况也就可想而知了。

亏损的铁路

在达累斯萨拉姆,笔者"赖"在坦赞铁路局总部做了两周的采访,了解坦赞铁路现状。采访过程时断时续。原因之一是当地官员极为拖沓缓慢的工作作风,不怎么守时,有的人还不太守信,有时预约好的见面也会被临时爽约——这不仅在坦、赞两国,在非洲各国都是非常普遍的现象。原因之二是坦赞铁路在坦、赞两国都是保密性极强的政府工程,对笔者这样的外来人非常警惕。当时是为了"防范南非间谍",现在则或多或少为了掩饰。原因之三是办公室经常找不着人,因为不少高管都经常出差或"出差",背后则是优厚的

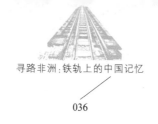

出差福利。

经过并不容易的采访，笔者大致了解了坦赞铁路目前的主要问题。归纳起来，主要有十大问题：

第一，运输能力差，难以满足客户需求。坦赞铁路设计年运量200万吨，但从移交之初就每况愈下，2012—2013财年约为30万吨。货车图定每周两列，但据沿途铁路职工告知，经常一周都没有一列。其中，在笔者到访期间，西向东的货车一个月才发了一列。

第二，车速慢，晚点严重。由于车辆和线路保养较差，列车运行速度缓慢。36年来，坦赞铁路局缺乏对铁路的保养，安全事故频发，因此很多路段设置了限速，有的甚至限速到10千米/时。如此限速，火车按自行车的速度跑，当然就快不起来。而且，如此慢的速度，还不能保证正点。坦赞铁路局称客车正点率为11%，实际上连这也达不到。笔者在坦赞铁路乘坐了三段列车，共晚点24小时。

第三，安全状况堪忧，事故频发。列车行驶起来颠簸极为严重，像是坐在风口浪尖的海船上一样。安全事故频发，其中很多是出轨。2009财年全线事故348起，几乎每天一起事故。

第四，缺车、尤其缺机车（通俗地统称为"火车头"，"机车"是其正式名称），车况差。其中，机车缺乏是坦赞铁路运力的瓶颈。目前，坦赞铁路称仅余14台干线机车。而据笔者实地调查，实际仅有9台机车可用。甚至本应报废的"东方红"机车实际上还在服役，充当调车机车。

第五，线路基础设施损毁严重。螺栓锈蚀，枕木损坏，路基出现多处空洞，滑坡，桥头路基下沉严重、普遍，约30%的桥上枕木失效，70%以上的桥上护栏失修。很多桥根本没护栏。

第六，通信调度落后。理论上，坦赞铁路有三种通信方式：第一种是微波，用的是中国设备，从赞比亚塞伦杰到卡皮里姆波希有一段；第二种是高频无线电台，笔者曾尝试接收信号但未果；第三种是光缆，从达市到姆林巴（Mlimba）有线路，但目前还能使用的只有曼古拉到姆林巴段，全长只有100多千米。实际上，这条长达1860千米的铁路，居然基本上是靠手机调度指挥的。

第七，信号系统瘫痪。在铁路移交之初，中国人曾在全线配备了半自动闭塞信号。但是，在多年使用中，由于缺乏维护和更新，设备已经老化。目前部分路段还可以用电话闭塞信号，但也经常出问题。现在，坦赞铁路全线的车站使用的都是原始的手动扳道。每次火车进站，扳道员都要人工扳动道口，不能出错。由于道岔联锁设备损坏，也没有标识，若非训练有素，扳道员根本搞不清道岔对着哪条轨道，非常容易出事。

第八，人员素质差，受过中国培训的老一代职工已经退休或邻近退休，大部分人并未得到重用。笔者接触的不少员工缺乏专业技能，仅经过3个月非常简单的培训就上岗。很多火车司机不具备资质，造成大量人为事故。

第九，劳资关系紧张。管理层拖欠工人工资和养老金，工人怠工、偷盗严重。他们之间相互抱怨，罢工、停工时常发生。

第十，机构人员繁冗，效率低下。坦赞铁路虽然运量少得可怜，但公司治理机构却是"高大全"。坦赞铁路设有部长理事会和董事会，总局长定了还得董事会和部长理事会批准，经常为了一点小事开会，议事效率极低。全线设路局、分局、站段三级管理，机构叠床架屋。

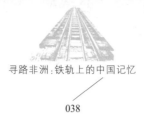

坦赞铁路的组织机构与指挥调度是多么叠床架屋？可以从下边这幅图中一览无余。

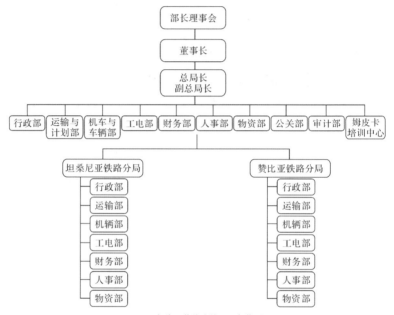

1995 年前坦赞铁路局组织架构图

在坦赞铁路局高层内部，权力斗争激烈。根据《坦赞铁路法》，坦赞铁路局总局长固定由赞比亚人担任，坦桑尼亚人只能担任副总局长。总局长考虑问题，往往从赞比亚本国的需要出发。一些高管想的是如何实现自己的升迁，如何利用职权谋私利，而非考虑坦赞铁路大局。

以上这些的结果是，坦赞铁路的工作效率难以满足客户需求，造成客户流失，运量不高，亏损严重。运量不够—客户流失—收入有限—缺乏投资—运量更少，这已经成为一个恶性循环。

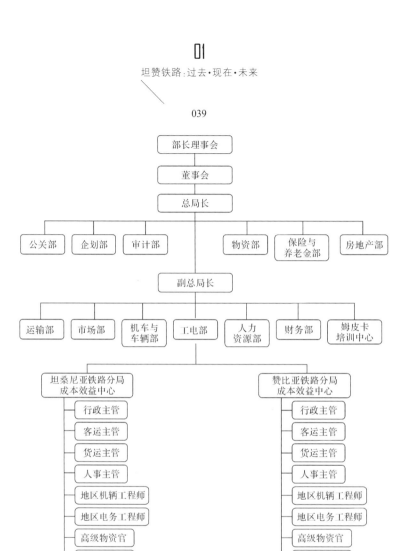

坦赞铁路局现行组织架构一览

　　调查坦赞铁路的盈亏是件难事，并非难在不能取得数据，而是难在财务管理混乱。事实上，从2007年以后，坦赞铁路就没有完整的财务报表了。最后的一笔记录是：2007财年坦赞铁路全线收入约450亿先令，支出则是收入的两倍多，约1000亿先令，亏损约550亿

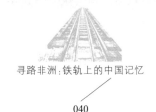

先令（当年约合人民币2.8亿元）。在采访中，有局内人估计，目前坦赞铁路的亏损已经超过3700多亿先令，而坦赞铁路的资产估值才不过5000亿先令。

不过，据工会向笔者反映，局里仍然有钱，称这是拖欠工人工资、养老金和其他债务的结果。也就是说，坦赞铁路现在完全依靠现金流艰难维持运营。

当然，要想揭开坦赞铁路的真面目，要想了解这些问题背后的真相，只有实地探访一途。在非洲做实地采访，规则与在国内完全不同。基本上，这是另一个世界。最终，在数月准备和两周摸底后，笔者踏上了从达市火车站西行的列车，在颠簸中感受坦赞铁路的脉搏，在呼吸中感受沿线人民的情感。

此前，笔者已走完了从达累斯萨拉姆港口"零千米"到客运站的9千米通勤路段。十几天后，笔者到达了终点——赞比亚卡皮里姆波希镇的终点界碑，一米不落地丈量了坦赞铁路全程：1860.544千米。

图7　达累斯萨拉姆港

图8　达累斯萨拉姆港新开工的13、14号
　　　码头，由中国企业承建

图9　坦赞铁路距起点1千米处的第一个里
　　　程碑

图10　坦赞铁路第一个车站：库拉西尼站

图11　坦赞铁路上的独立警察部队

图7	
图8	
图9	
图10	图11

上路

采访许可证

行前，经过几个月的准备，笔者以为已经充分估计了坦赞铁路之行的困难。然而，各种困难还是出乎意料地袭来，让人防不胜防。

获准采访本身就是一桩事。前文说道，坦赞铁路的诞生是因为赞比亚南下出口通路被敌对国家堵死。南罗得西亚雇佣军还曾深入坦赞铁路，破坏了坦赞铁路的桥梁。因此，铁路沿线民众被教育要"保卫铁路、防范间谍"，因此对造访的陌生人特别是外国人保持高度的"革命警惕性"。时至今日，虽然新南非和独立后的津巴布韦已成为坦、赞两国的友好国家，但是防范意识还在。坦赞铁路设有独立的警察部队，不受其他管理当局节制，有权盘查路人。

因此，作为一个外国人，虽然可以毫无障碍地乘车旅行，但要想下车以笔者身份采访，则有诸多困难，存在危险。就算没有危险，坦赞铁路对媒体采访控制极严，沿线车站未接指令就没有义务接受采访，而且还有权审问"可疑分子"。

经过多方联系、反复交涉，坦赞铁路局终于向笔者颁发了采访许可证，并向全线下发了公函。公函翻译过来大致是这样的：

坦赞铁路局

TZR/PCA/GEN/11（可意译为"〔综发〕第11号"）

坦、赞分局局长，各段段长、副段长，全线各站站长：

兹准许来自中国北京的陈晓晨先生沿我线旅行并做采访。陈先生将前往卡皮里姆波希，并在伊法卡拉、姆林巴等站下车。他或许会自行改变路线。陈先生业已与我数位高管接洽。请对其执行任务予以协助为盼。

坦赞铁路局副总局长协调人

马尔科·马巴拉

笔者看到这封"〔综发〕第11号"公函，起初的感觉只是好笑，觉得这也太煞有介事了。但是，正是这封公函起到了"路条"的作用，给笔者的采访一路开了绿灯，并在笔者后来遭遇人身困难时充当了护身符。

拿到采访许可证后便是买票。笔者的票比较特别，是一张允许中途下车的"自由全程票"。笔者买的是一等票（相当于软卧，当然，实际条件与国内的软卧完全是天壤之别），票价8万先令（约合人民币320元）。对人均收入不到中国1/10的坦桑尼亚人来说，这已经很贵了，但还是比汽车便宜。二等票相当于硬卧，三等票相当于硬

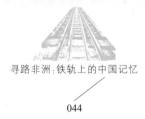

座，更便宜。因此，坐火车对当地人来说很划算。售票口早早就排起了长队，队伍一直延伸到车站广场。因笔者是外国人，才免于排队。

晚　点

买到票后，笔者想要一张列车时刻表。然而，就是这样一个简单的要求，却很难满足。原因是，车站根本就不对外提供时刻表，就连车站自己也没有现成的。反复折冲了一个半小时，笔者才通过走后门的方式获得了一份时刻表。

坦赞铁路每周开行两趟客运列车，每周二、五分别从起点达累斯萨拉姆和终点卡皮里姆波希对开。列车在坦桑尼亚境内叫作"乞力马扎罗号"（Kilimajaro），以坦桑尼亚境内的非洲最高峰命名；在赞比亚境内叫作"姆库巴号"（Mukuba），在赞比亚土语里意为"铜"。

由于车辆和线路保养较差，列车运行速度缓慢。按照时刻表，"快客"周二发车，全程45小时，平均时速约41千米；"普客"（即慢车）周五发车，全程48小时，平均时速约38千米。车开得慢的主要原因是，由于36年来缺乏对铁路的保养，安全事故频发，因此很多路段设置了限速，有的甚至限速到10千米/时。如此限速，火车按自行车的速度跑，当然就快不起来。

但是，实际上，连这样慢的时刻表，也很少遵守，晚点非常普遍且严重。坦赞铁路局官方统计的客车正点率为11%，而笔者个人感觉就连这个数字恐怕也达不到。如果说国内火车晚点是以分钟计，那坦赞铁路的晚点则以小时甚至以天计。笔者认识的一个人曾乘坐过一次"正点"列车——晚点整整24小时的结果。笔者还听闻过晚点好几天的故事。有好些当地人听说笔者要走坦赞线，都反复叮嘱要备足干粮和水。显然，坦赞铁路的晚点是出了名的。

坦赞铁路退休员工哈吉向笔者介绍，在铁路通车后的很长一段时间，列车一直很正点。到了2000年左右，就开始变得不守时了。到现在，晚点已经是常态。

一切就绪后，笔者准备踏上坦赞线西行之路。第一站是坦桑尼亚南部城镇伊法卡拉（Ifakara），距达累斯萨拉姆约357千米。

笔者出发就遭遇了晚点。原因很有意思，从达累斯萨拉姆开往卡皮里姆波希的"快客"，其实就是卡皮里姆波希到达累斯萨拉姆的"普客"，是同一列火车来回往返，换不同牌子而已。由于列车故障，到达就晚了大半天，又必须做简单的保养再重新上路。因此，原本下午4点发车，拖到了晚上8点还没动静。

此时，候车大厅里挤满了人。车站有售卖水和干粮的小卖部，生意很是红火。当地人早已习惯了晚点等候，有备而来，因此也并不十分着急。他们身上浓烈的汗味和香水味开始在这座中式建筑里四处弥漫。很容易判断旅客们的目的地：坦桑尼亚境内下车的，行李一般不多；去赞比亚的，则是大包小包，携带各种生活用品乃至粮食。这是因为坦桑尼亚物价低于赞比亚，所以很多旅客就把坦赞铁路当物流了。不少沿线民众利用坦赞铁路做买卖，大多是小本生意。坦赞铁路就这样养活了许多当地人。

笔者都做好返回达市住处的准备了。不过，此时人群骚动，开始检票了。首先上车的是一等车旅客。笔者从人群中挤出一条路，到了检票口。笔者的坦赞铁路之旅，正是在这骚动、混乱和当地人

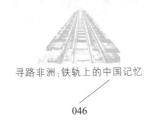
的汗味中开始。

运输乏力、速度慢是坦赞铁路目前的主要问题之一。实际运量远远没有达到设计能力，而且运输速度很慢。票价低，又因制度原因无法提高票价，因此客车是亏损的。收入主要靠货车。货车图定是每周两对，但是，目前有时一对也完成不了。其中，瓶颈是缺乏机车。笔者在采访中就看到不少停在途中、等待机车的货车。

因为缺乏车头，所以货运时间难以保障，经常出现迟送乃至送不到的情况，让客户蒙受损失。久而久之，客户也就少了。没有客户，收入也就谈不上了。

最美的星空

过了检票口，走上站台，迎面就看到笔者将要乘坐的列车。虽然天黑，但笔者还是大致辨认出机车的型号——大连机车车辆厂生产的CDK系列。车厢是老式的中国"绿皮车"，上了年纪的中国人都会很熟悉。整个车厢看起来还可以，很难想象这居然是运行30多年、从未经过像样维修的"老爷车厢"。

然而，毕竟是在非洲，完全没有电。车厢内漆黑一片，伸手不见五指。幸亏笔者对这种绿皮车太熟悉了，才摸黑找到自己的铺位。褥子被子乱糟糟地放在铺上。直到灯光打开后，笔者才看到脏兮兮的铺上居然还有残留的血迹。

突然，"哐当"一声，火车剧烈晃动，把笔者晃倒了。原来，这是火车启动的动静。行进中，列车前后、上下、左右剧烈摇晃，坐在列车上好像坐在风大浪急的海船上一样，还时不时就来个急停，然后又是"野蛮启动"。晃动是如此剧烈，以至于笔者感觉列车随时可能脱轨。列车碾过铁轨接缝处时,时常"咕咚"一声,整个车厢都颠了起来。车厢交接处噪音非常大,发出非常刺耳的"吱吱嘎嘎"声。在车厢内行走,笔者时刻担心被摇晃急停的列车磕到或摔倒,甚至被直接扔出车窗或车门——这并非夸张,因为车窗很多都是大开的,经常是没有玻璃,有的车门也合不上,就这么开着。

虽然行前早就对此做了准备,服用了防晕药,笔者还是不争气地晕车了。在吐了个七荤八素后,笔者软绵绵地躺倒在铺上。

躺下之后感觉好多了,可以倾听火车的声音。坦赞铁路使用的是窄轨,宽1.067米,车轮敲击铁轨的声音显得更清脆。铁轨规制是我国传统的12.5米轨长,每到两根铁轨接缝处,车轮就会发出有节奏的"啪嗒、啪嗒"的敲击声。这种铁轨由于太短,接缝处极易磨损,国内早已淘汰。因此,这种"啪嗒、啪嗒"的声音只能停留在笔者儿时的记忆中。但是,坦赞铁路还在使用这种老式铁轨。

列车的摇晃,好像摇篮一样,将笔者的思绪带回儿时。在儿时回忆中,这种"啪嗒、啪嗒"的声音总是与出门旅行的兴奋或见到亲人的甜蜜相连。在坦赞铁路,笔者终于找回了这久违的美妙声音。

睁开眼,从开着的车窗仰望夜空。星空美得惊艳。漫天星星,簇拥着头顶上的银河。不少南天星是在北半球无法看到的。笔者激动得一下子爬了起来,也忘却了身体的不适,就那么看着窗外。这是笔者这辈子见过的最美的星空。

伴着星空的遐想,儿时的回忆,笔者沉沉地睡去。

"中国人能不能回来?"

"你好!我要查票!"一声乡音打断了笔者的梦乡。不过,进来的却是一位黑人列车员。原来,他曾接受过中国专家的培训,会说点简单的汉语。见到有中国旅客坐他的车,他很兴奋。他说,他们太需要这种培训了,因为中国人不仅给他们带来技术,更带来一种勤奋工作的"中国速度"。"不知道中国人能不能回来做人员培训?"

中国在移交坦赞铁路后,曾派出大量专家和技术人员做能力建设,包括培训人才、建立规章制度、协助运营等,那时甚至还有中国司机。通过三期技术合作,中国"手把手"教会许多当地人如何管理这条铁路。但是,根据协议,从第4期技术合作开始,中方人员开始逐渐减少;从第8期技术合作开始,中方专家人数锐减,而且在职能上也有了质的缩小,不再参与铁路管理,而是仅仅提供咨询。直到最新的第15期技术合作,中方专家仅有8人,完全无法做现场技术培训。中国曾多次组织铁路管理人员远赴中国接受培训,但远远不能满足人才需求。

与此同时,也有不少坦、赞两国学员远赴中国,学习铁路管理。赞比亚人哈奇韦尔·穆索窝亚(H. Musowoya)今年50多岁,目前在坦赞铁路局任企划部部长。他曾在中国北方交通大学留学,学习机械工程。目前,他是坦赞铁路管理层中为数不多的仍然在职的中国留学生。

随列车员而来的还有一位铁路职工大叔。他此行是前往伊法卡拉料理丧事。他的一位同事一周前不幸感染疟疾身亡。而伊法卡拉也正是笔者的目的地。

大叔名叫诺亚，55岁，已近退休年龄，在坦赞铁路工作大概30年了，还曾接受过最后一批"中国师傅"的现场指导。他说，中国人做事非常有秩序，对他们要求很严格，设定了目标就一定要完成，对员工的管理非常到位。他说，"中国人走后"，管理变得散漫了，经营情况也逐渐恶化。

面对笔者对车况的调侃，诺亚大叔不无痛心，说现在的车厢得不到维护，车厢的维修包给了外边的公司，但其实他根本没怎么见过像样的维修。给列车加水的车站原来有9个，现在只剩下了4个。乘务和卫生也极为懒散。"喏，你看到了吧?"他指着脏兮兮的铺面。

目前，像他这样的老一代铁路职工已经退休或邻近退休，人才断档，青黄不接。他抱怨说，老人得不到重用，而很多新人都不具备资质。"我们都希望，中国人能回来管理坦赞铁路。"

"我55岁了，已经到了坦桑尼亚人的平均寿命了……也就是说，不知道以后还能不能再见到你……如果有力气，我愿意看到这条铁路变好。"大叔临别前的赠言不无伤感。

杂草中的"站台"

凌晨4点多，列车到达了伊法卡拉，此时已经晚点了八九个小时。车内车外都是一片漆黑。令人吃惊的是，所谓的"站台"，就是一片凌乱杂草，没有半点灯火，看起来像荒郊野外。笔者顿时凌乱了，再三向诺亚大叔确认："这是伊法卡拉? 这就是车站? 这也叫站??"若不是大叔再三坚定地说这就是车站，笔者断然不敢在漆黑的夜里下车，一个人被撂在这非洲"荒野"。

乘务员不见了，下车完全得靠自助。得自己扳开车门和挡板。

图12　向导乔治

也不见有梯子，需要自己跳车或爬下。笔者下车时手脚并用，结果还是半个身子悬在车门，样子估计很狼狈。幸亏大叔接过了笔者的行李，并把笔者生拽下车，算是平安到站了。

下车后，周围满是杂草，脚下是硌人的石头。周围都是黑黢黢的，似乎充满了危险。笔者提着行李，也提着心，跟着大叔在“荒野”里摸黑走了大概一两里，感觉过了好久，才看到前方一点点灯光。这才是真正的站台。笔者在伊法卡拉的向导乔治在车站等了整晚，终于盼来了笔者。

此后，笔者才意识到，这是火车司机故意把车停得离站台很远，以怠工方式消极抗议。笔者在伊法卡拉站的狼狈经历，折射出坦赞铁路紧张的劳资关系。

坦赞铁路刚通车时，铁路职工曾经是一份令人羡慕的工作。然而，今天风光已不再。铁路员工收入不高，而且经常被欠薪。这使得劳资矛盾频发，铁路工人经常怠工（slow down）和停工（off），甚至在笔者到访前曾组织了一起罢工（strike）。

劳资关系紧张的另一个侧面是劳动效率低下。在坦赞铁路的辉煌时期，曾有员工6000多人。现在员工总数大约2800人，但运量只有区区数十万吨。劳动力大量严重闲置，很多人没什么活干，工资照拿，管理层却囿于当地法律不能“无理由”开除过剩员工。管理层抱怨工人怠工且偷盗，工人则抱怨钱少且欠薪。笔者在采访中经常能感受到劳资之间的紧张感。

笔者第一次到达累斯萨拉姆车站的时候，就恰好赶上了工会在开会。整个二楼候车室都是工人，有一个看起来像是领头的人在不断大声讲着什么。虽然笔者听不懂他们的语言，但是能感受到空气中弥漫的激烈情绪。

笔者也试图与普通工人进行交谈。尽管存在着语言障碍（普通工人的英语水平普遍不高），但是坦桑尼亚人天生热情，还是很愿意把种种想法与抱怨告诉笔者。然而，每当笔者试图记录或录音时，他们就警觉地停止了谈话。毕竟，笔者是黄皮肤中国人，而在他们根深蒂固的思维里，中国人似乎还是和坦赞铁路局的"资方"站在一起的。劳资关系的紧张感和防范之心无处不在。

在坦赞铁路工会

目前，坦赞铁路共有工人约2800人。对于一条年运量仅几十万吨、每周仅两对客车的铁路来说，这个数字确实太过臃肿。如果要参与坦赞铁路的改造与运营，必须要进行人事改革，减员增效。

然而，这种想法势必将会受到工会的阻挠。工会是坦赞铁路的重要力量。任何改革计划都是绕不开工会的。那么，如何将这个"麻烦"变成有利的资源？如何做工会的工作？

经过联系，笔者拜访了坦赞铁路总部工会，并采访了工会主席本杰明·柯霍戈（Benjemin Kehogo）。科霍戈从1986年起就在坦赞铁路工作，自称"知道很多内情"。通过科霍戈的讲述，笔者对坦赞铁路工会、劳资关系以及其中存在的问题多少有了了解。

图13 坦赞铁路总部工会主席科霍戈

与分局的设置一样，坦赞铁路有坦方和赞方两个工会。其中，坦桑尼亚境内的工会是坦桑尼亚铁路工人联合会（TRAWU）的分支。在总部机关工会之外，还有站段工人工会，下设分局、各段、各车间的工会，相当于坦赞铁路工会的各个"支部"。工会负责了坦赞铁路的很多具体事项，包括和管理层进行谈判、协商、具体规划等事宜。

工会有一套完整的权力结构。以总部机关工会为例，总部机关共有145名员工，需要从中选出10名代表，组建工会常委。此外，常委还要包括来自不同的段、车间的工会负责人。工会代表、常委和主席都是由工会成员选出来的，4年任期。这是科霍戈的第二任期了，是从2010年11月开始的。即使是连任，也要参加选举，发表演讲。

科霍戈把工会看作管理层与工人之间的中介。平时，他们就像其他工人一样工作。例如，科霍戈的本职工作是仓储管理。当工会活动时，他就会召集工会成员。而在发生危机时，他会与管理层沟通，告诉管理层哪里有危机了，把问题告诉管理层，共同找出问题的解决办法。笔者在坦赞铁路工会采访期间，恰逢坦赞铁路发不出工资了，被拖欠工资的工人召开了集会，事态一度紧张。科霍戈就代表工会与坦赞铁路局管理层展开沟通，希望早日发放拖欠的工资。

在管理层看来，拖欠工资是没办法的事情。整个铁路全线长年亏损，收入非常有限，现金流紧张，难免捉襟见肘。而在工人看来，按时发工资是天经地义的，他们并不管铁路的经营状况到底如何。

坦赞铁路的工资总额每月大概是10亿坦桑尼亚先令。摊到每个工人身上，平均工资也就合人民币1300元。这点收入要养家糊口，而且坦桑尼亚人往往是大家庭，确实不容易。

如果发生了类似拖欠工资这样的劳资纠纷，沟通又未果，那么罢工就会发生。对如今的坦赞铁路来说，罢工已经成为家常便饭了。

此外，由于坦赞铁路时至今日仍然有高度政治性，因此一些罢工也有政治指向。2011年赞比亚总统大选前，坦赞铁路赞方工会就发动了一次政治性罢工，目的是驱逐时任总局长阿卡·莱万尼卡（Aka Lewanika），因为他是当时赞比亚执政党多党民主运动（MMP）派到坦赞铁路局的代表，遭到一些倾向当时的反对党爱国阵线（PF）的员工反对。而随着赞比亚爱国阵线的上台，阿卡的日子很不好过。不少坦赞铁路工人，尤其是赞比亚籍员工，认为阿卡正是坦赞铁路窘境的罪魁祸首。毫无疑问，政治让坦赞铁路的问题更加复杂。

就在笔者到访工会的前几天，坦赞铁路工人还发动了一次停工。科霍戈说，工人们针对的是一些高管的腐败行为（他用的是"偷窃"一词——有意思的是，这恰恰是坦赞铁路管理层经常指责工人们做的勾当），从中可以看出，坦赞铁路需要好的管理。

科霍戈不断强调，作为工人，他是希望坦赞铁路发展变好的。即使在罢工中，工会也是在尽力让事情变好。罢工是劳资双输的情况，他们要尽力避免。

在非洲不少地方，工会势力非常强大。坦赞铁路也不例外。不同的是，坦赞铁路的工会还分为坦、赞两方，以及总部机关工会、站段工人工会两大系统。在坦赞铁路管理层和工人之间，存在着深深的互不信任。这种紧张感是沉重负担，窒息着坦赞铁路向前发展的脚步。

在谈到坦赞铁路的未来时，科霍戈说，如果有外国投资者来了，他觉得可能会是好事。比如，以色列接管赞比亚国有铁路就是成功的。关键是要有好的想法，让坦赞铁路重新好起来。

他提出了一条建议：如果真的能让坦赞铁路发展，可以考虑让坦、赞两国以外的人士担任CEO，给坦赞铁路注入新鲜血液，让真正懂得铁路运输的人来做。"不过，无论是坦桑尼亚还是赞比亚，都有很多人对此表示担忧。"

笔者问他，如果外国人来到坦赞铁路做管理，发现这里人员臃肿，然后大量裁员，之后根据能力和资格来重新应聘工人，他会怎么想？

科霍戈说，他可以理解裁员行为；但是，对于员工来说，这可能是一个不幸，因为他们会失去自己的工作。如果这种情况发生，他会代表工会确保离职员工的应得收入。也许对那些明显不够格的员工来说，离职还是一种更好的选择。"关键问题是，要让铁路好起来。"他不断地强调这一点。

"不过，我觉得如果外国投资者来了以后，最困难的是人的问题——怎样管理当地的工人？"显然，外来投资者的文化可能与非洲当地的文化格格不入。这会造成新的困惑。

* * *

回到那个黢黑的非洲"荒野"的夜晚。在杂草丛生的"站台"狼狈地下车后，笔者乘向导乔治的摩托车前往12千米外的伊法卡拉镇中心。好一阵颠簸后，在天快要放亮的时候，笔者终于在伊法卡拉镇中心住下，准备开始在坦桑尼亚南部腹地的采访。

受伤的铁路

伊法卡拉：铁路上的镇子

或许是因为连日采访劳顿，笔者只睡了3个小时，就满身大汗地心悸惊醒，头晕、乏力、手脚无意识地抖动、大脑控制不了躯体，甚至不太能控制思维，仿佛身体不属于自己似的。连起床这样简单的动作，笔者都费了很长时间。

由于此前经历过一次疑似疟疾，此时笔者一点都不敢大意，赶快吃一片青蒿素，然后让乔治带着去了伊法卡拉卫生所（Ifakara Health Institute）。医院大夫认为笔者的症状很像疟疾，但血液检查未发现疟原虫。

这是一家远近闻名的以疟疾治疗和教研为特色的医院。伊法卡拉地处基隆贝罗（Kilombero）河谷，因为地势低洼、多雨潮湿，一向是疟疾重灾区，每年都有很多当地老百姓因被疟蚊叮咬而发病身

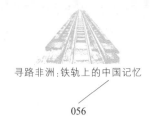
亡。这位大夫说,很多大夫、护士和医学生都是从达累斯萨拉姆坐火车来的。

达累斯萨拉姆到伊法卡拉有两条路可以选择:公路和铁路。走公路,要经过一段数十千米的山区土路,崎岖不平,车开上去会剧烈颠簸,底盘稍低一些的车都无法顺利通行。最关键的是,一下雨,土路就立刻变成泥潭,连路都没有了。所以,还是铁路更靠谱,或者说,不那么离谱。

大夫在给笔者检查完身体后,得知笔者从中国来,非常激动。他说,正是中国人帮助他们修了铁路,伊法卡拉医院才能运转良好。中国人还帮助坦桑尼亚培养医生,做了不少好事。

伊法卡拉的行政建制其实相当于"地级市",但是外观看起来也就是国内贫困省份的贫困乡镇。小镇沿一条南北方向的柏油马路一字排开,道路两旁是砖瓦垒起来的低矮房屋,妇女们在手摇井前排队打水,新建的房子不断向北延伸——伊法卡拉火车站的方向。火车站离最早的镇中心有12千米。不过,随着镇北新建的房子不断增多,现在这个距离已经缩短了不少。整个镇子像是被坦赞铁路"吸住"一般,不断地向火车站靠近。

图14 伊法卡拉镇

笔者走近一处正在盖房子的施工工地,通过乔治与当地人攀谈。乔治告诉笔者,当地人把盖房子用的红砖叫做"中国砖"。原来,据当地人说,中国人到来之前,他们的屋子都是茅草加泥巴。是修铁路的中国人教给他们烧砖的方法。现在，很多伊法卡拉人已经住进砖房了。

乔治是伊法卡拉小学校长，学校就在伊法卡拉镇向火车站延伸的区域，2001年由家长集资建成。由于缺钱，只盖了屋顶和墙，至今还没有安上门窗。一下雨，水就全都灌进教室了。然而，这无法阻挡求学的孩子。笔者到访时，孩子们正在上课。见到笔者，孩子们纷纷手舞足蹈，要与笔者合影，老师见课已无法正常上了，也就迁就了孩子们。这座学校是铁路沿线人民生活的缩影：贫困与希望并存。

笔者乘东行的火车从伊法卡拉往回走，前往曼古拉（Mang'ula）。一路上，左边紧挨着乌宗瓜（Mt. Udzungwa），右边是一马平川的基隆贝罗河谷平原。这里是坦桑尼亚南部的水稻主产区。不少地方种了稻子，但也有荒地。在非洲，所谓"荒地"，其实是热带丛林。高大的树木与低矮的灌木阻碍着垦殖者。而直到今天，刀耕火种仍然

图15 伊法卡拉小学的孩子们与笔者及校长乔治的合影

是对付丛林的有效方法。现在是雨季来临之际，正是烧荒时节。铁路两旁，时常看到烧荒过后的灰烬。

一条公路随笔者一路到了曼古拉。笔者眼看着公路从柏油路逐渐变成搓板路、石子路，最后成了坑坑洼洼的土路。公路旁的房子从铁皮屋顶、水泥砖墙逐渐变成茅草屋顶和泥巴墙。终于进入了"真正的非洲"。

车厢等车头，车头等燃油

经过一个多小时的颠簸，笔者到达了曼古拉车站。这是坦赞铁路上的一个大站。不过，其实也就只有几间办公室而已，都是20世纪70年代的中式建筑。

车站破天荒来了个黄皮肤中国人，是件稀奇的事。车站值班员从传真件里取出了一张公函，与笔者手中的采访许可证一比对，确定笔者就是那个传说中的"中国记者"，于是便叫来了所有在职的人，除了不知道哪里去了的站长。

曼古拉算是个大站，有4条轨道，其中3条可用——这算是比较多的了。1976年，中国人曾经在这里留下了一个混凝土制品厂，生产铁路所需的轨枕、电线杆等。现在，由于缺乏资金，该厂已经停工。但是，在

图16 曼古拉车站

非洲式"大锅饭"体制下，工资还得照发。

话题就从车站里一列停着等车头的货车开始。

车站值班员（station foreman）马琼萨是一个30岁左右的胖胖的小伙子，说话直白，有一说一。在加入坦赞铁路前，他是做木匠活儿的。他指着外面的货车说，这列货车已经停了两个星期了，因为没有机车来拉，所以一直这么停着。他说隔壁车站的货车堆积得更多，没地方停，因此这辆只有停在曼古拉了。他抱怨说，现在的情况是货车等机车，而机车在等燃油。缺少机车，更缺少燃料。

缺少机车、车辆状况较差，是坦赞铁路的大问题。30多年来，由于坦赞铁路资金短缺、设备老化，缺乏对机车、车辆的维修保养，缺乏备用机车，造成故障频发，车辆报废。1976年中国移交给了坦赞铁路超过100台机车，到了现在，根据坦赞铁路局的材料，全线可用的干线机车仅剩下9台。货车移交了2000多辆，现在只剩下900多能用；客车移交了超过100辆，现在能勉强使用的只有50辆左右，有人说其实还到不了这个数。这是长期以来"只用不修"的结果。如果车出了故障，就"拆东墙补西墙"，把故障车的各种"器官""移植"到还算健康的车上。

甚至难以找到同一种颜色的车厢。笔者乘坐的列车，就是由各国各色车厢拼成的，远处看五颜六色，甚是壮观。其中餐车似乎是保养得最好的，18节车厢中居然有4节是餐车，这让笔者

图17 曼古拉站等待火车头来拉走的油罐车

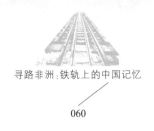

很是哭笑不得。

近期,坦赞铁路从中国采购了6台机车,以解燃眉之急。然而,如果管理问题不解决,这些新车也只能是杯水车薪,治标不治本。

手机调度下的铁路

身形瘦高、颧骨凸出的弗雷德里克是曼古拉站的工程师。他在坦赞铁路已经工作了23年,算是老资格了。他说话比直爽的马琼萨要谨慎得多,并且时刻留意笔者的目的到底是什么。

在他看来,坦赞铁路最大的问题是通信落后,列车几乎全靠手机调度指挥。通信方面,在1976年中国移交给当地的时候,全线都是架空明线,但后来陆续老化、被偷盗,现在几乎没有了。

现在,理论上有三种通信方式:第一种是微波,用的是中国设备,从赞比亚塞伦杰车站(Serenje)到卡皮里姆波希有一段,笔者曾亲眼见过车站调度室主任使用;第二种是高频无线电台,笔者曾尝试接收信号但未果;第三种是光缆,还能正常使用的只有曼古拉到姆林巴段,全长只有100多千米。笔者准备亲手试用一下。

笔者随弗雷德里克来到设备间。房间里很多是20世纪中国产的设备,有的是三四十年前的了。曼古拉站正好是个交界:光缆向西往达累斯萨拉姆方向不通,向东是通的。笔者也试着操作了一下,通过光缆接通了邻近的基贝雷格,告诉他们一个中国记者将要造访。

但是,100多千米的光缆不能起决定性作用;实际上,坦赞铁路目前主要是靠手机调度。列车从达累斯萨拉姆始发站开出后,会给沿路车站的工作人员手机通知;而火车通过每个车站后,该站有义务给下一站手机通知。就这样一站一站地手机传递信息。很难想象,一条长度相当于从北京到广东的铁路,居然就是靠"手机接力"指挥调度的。

弗雷德里克在笔者面前摆了4部手机,都是他自己的,分别装了坦桑尼亚四大电信服务商的SIM卡。他解释说,东非的手机信号还不稳定,经常说着说着就没信号了。"备4部手机,总能有1部畅通吧。"

他介绍说,手机通话仅限于各站之间,车站与火车司机之间没有通话条件。也就是说,火车从上一站开出后,中间发生什么情况,下一站无从知晓。而且,晚上手机信号很差。因此,晚上行车的时候,经常需要在下午就预约好。至于晚上到底走成什么样,全靠司机个人了。

他开始抱怨起来,说上级只给他5000先令(约合20元人民币)的月度手机报销,这根本不够。马琼萨则在旁边反复说,远远不够,远远不够。

弗雷德里克建议,如果要整修坦赞铁路,要重建一条独立的光缆线路。手机太不靠谱,肯定不是长久之计。而在比较了微波和光缆两种通信方式后,他认为,尽管微波建设更容易一些,但是维护困难,因为每天都要确保所有的微波信号塔都正常工作,哪一座塔有问题,就得跑到问题现场修理。光缆尽管建设起来资金大,但维护容易上手。

不过,坦桑尼亚分局局长阿布达拉・谢基姆威利(Abdallah Shekimweri)对笔者称,目前手机指挥调度坦赞铁路非常有效,高频无线电台也能正常工作。说着,他还做着打手机的姿势。

如果信了局长的介绍,我们似乎可以认为,坦赞铁路有一套严格的行车指挥调度系统(如下图)。但是,实际上,基层都是像弗雷

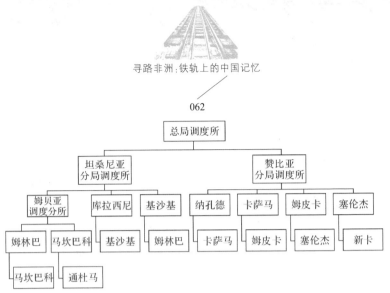

坦赞铁路行车调度指挥系统一览

德里克这样用手机调度车辆。可以想见,这为行车安全增添了很大危险。

弗雷德里克对笔者本人似乎比对采访问题更感兴趣。他满腹狐疑,觉得中国人是不是要回来了,才"派笔者到此一游"。当然,最后笔者让他失望了。不过,他说,希望和中国人保持联系。

扳道女工

哈迪娅是个看起来二十五六岁的女孩子,外表瘦弱。但是,她有一份与外表和性别都不相符的职业:扳道工。

2009年,从学校毕业后不久,她被报纸上一则坦赞铁路的招聘广告吸引了。她觉得,从此以后可以掌握自己的生活。于是,她自费来到赞比亚姆皮卡(Mpika,又译"姆比卡")的坦赞铁路培训中心学习。据马琼萨说,学习内容"简单得不能再简单"了。经过3个月的学习,她通过了考试,获得了坦赞铁路工作许可,成为一名扳道工。

其实,她原本是可以根据信号自动扳道引导火车进站的。但是,现在信号系统退化了，经常不可靠。现在，她不得不用原始的手动扳道。每次火车进站，她都要步行数百米到岔道口，人工扳动道口，不能出错。由于道岔联锁设备损坏，也没有标识，若非训练有素，扳道员根本搞不清道岔对着哪条轨道，非常容易出事。

在铁路移交之初，中国人曾在全线配备了半自动闭塞信号。哈吉就是曼古拉车站首任票务官，他回忆道，一开始曼古拉站用的是自动扳道，情况很好。

但是，在多年使用中，由于缺乏维护和更新，设备已经老化。目前部分路段还可以用电话闭塞信号，但也经常出问题。因此，有的车站是靠奇特的"人工信号"。在基贝雷格站，笔者看到，有个人穿着红衣服站在岔道口，当火车通过时挥动手臂，人工扮演"红色信号灯"。

不过，鉴于坦赞铁路运量太少，这种原始的方式倒也够用。哈迪娅说，现在是淡季，有时候三四天都不见一列货车。

笔者问她现在的工作是否无聊。她腼腆地一笑说，其实还好，虽然与最初的设想有差距。

人才断档是坦赞铁路的一大难题。受过中国培训的老职工已经退休或临近退休，而且不少人其实并未得到重用；而像马琼萨和哈迪娅这样的年轻人，并非铁路专业技校毕业，仅仅经过3个月"简单得不能再简单"的培训就上岗，管理着这样一条交通大动脉。

很多事故都是人员素质不良造成的。比如，有一起事故是这样发生的：司机在半道的山坡上把车厢解开，单把机车开到车站。车厢就停在坡道上，没有刹车。可以想见，车厢开始溜滑，越滑越快。最后，车厢以数十千米/小时的速度滑下山，撞上了一台才刚修好的

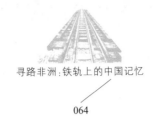

机车。像这样令人啼笑皆非的事故,每年都有很多起。

此外,职工懒惰,偷盗现象严重。例如,全线本建有贯通明线通讯,但目前设备基本都被铁路职工和附近村民偷盗一空。

显然,坦赞铁路的经营者要重视人才与人员素质问题。

在结束采访时,笔者问他们:如果未来坦赞铁路裁员增效,你会怎么看?马琼萨快人快语,说如果要裁,应该先裁"那帮坐在办公室里喝茶的人",但如果要裁他,只要给足离职费,也无所谓。笔者又问他们,如果未来实施"按劳分配、多劳多得"的工资制度,你会不会接受?哈迪娅还是小姑娘语气,小声说"可以吧"。弗雷德里克则质疑笔者,说所谓的"按劳分配"不适合坦桑尼亚,说"不能强迫人工作"。马琼萨则说,这叫作"计件工资",坚决不能接受。显然,非洲的工作观念与国内完全是两种思维。

"靠铁路、吃铁路"的沿线百姓

铁路养活了村子

曼古拉村位于乌德宗瓦山脚，背靠大山，俯瞰整个基隆贝罗河谷平原。坦赞铁路就从村子穿过。铁路修通前，这里只是一个四五百人居住的村落，村民以务农为生。坦赞铁路修建以后，曼谷拉的历史从此改变了。如今，这里虽然名义上仍然叫"村"，但已经容纳了15000人，都算得上镇了。

铁路把村子分为东西两部分。村东头是"商业区"，街道纵横交错，小铺鳞次栉比，街上的行人也很多。虽然仍然是土路，但这在非洲已经算不错了。房屋很少像周围的村落用茅草，大多数是铁皮屋顶、砖墙。笔者看见不少正在修建的房屋，都是砖墙，说明人口还在增加。

通往火车站的那条街最为繁华。小贩们兜售从达累斯萨拉姆坐

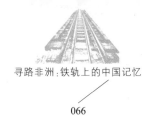

火车来的各种进口商品,其中就包括中国产的摩托车和各种小商品——质量不敢与国内相比,价码也翻了倍,但在当地还是算便宜的。中国人修的铁路,把"中国制造"带到了这个非洲腹地的村落,为中国生产商和贸易中间商赚取了利润,也为当地人带来了实惠。

村西头则是居住区。住家大多垒砌了土墙,围成小院,各家养的鸡在村里乱跑,生活气息扑面而来。曼谷拉村的老村长也住在这里。笔者刚走进村长家,就被热情的女主人邀请品尝她刚做好的"乌咖喱"。分享食物的习惯证明,在这里温饱至少无虞。

玉米是东非人最主要的主食。"乌咖喱"是玉米和豆面做的糊糊,是最常见的一道东非食物。食用时,需要用手把又湿又黏的糊糊捏成球形,然后再压出一个凹槽,用以盛菜或豆子汤,然后送入口中。整个过程不借助任何餐具,完全用手。难点在于如何既把糊糊捏成形状,又防止黏在手上;而要诀则是要利用手心的汗液。笔者在非洲多时,已经熟练掌握了捏食"乌咖喱"的技术,此时好好在村长一家面前秀了一把。

年迈的村长姆万苏塔对笔者的到访非常高兴。他终于找着人说汉语了:"觉觉"(指睡觉),"馒头","玉米"……发音还算听得懂。他在20世纪70年代见过很多来修铁路的中国人。他说,中国人非常礼貌,对村民很好。中国人还给村里修了水管,否则村子也容纳不了那么多人。

他家50多年前迁到这里,见证了铁路从无到有,也目睹了铁路一年一年地给这个原本贫穷的村落带来繁荣。他说,起初政府让人们在铁路沿线居住,人们并不愿意听从;但是,后来人们发现,居住在铁路沿线,可以让他们自由行动,去更多地方做生意,挣更多钱。慢慢地,没有政府命令,也有越来越多的人搬到铁路沿线。

"铁路对村子来说太重要了。铁路带来了那么多人,给了我们生活,也让我们更好地做生意。"他说,他很希望中国人能回来。言语中,仍然有老一辈非洲人对中国的朴素而浓郁的感情。

老村长年事已高,说了一会儿话就要"觉觉"了,接下来的采访由他手下的一个村民组长完成。

铁路贩货:沿线民众的生意经

在坦桑尼亚,村的下一级单位是小组(Tongoji)。通常,一个小组就是一条街道或一个小社区。曼古拉的一个小组的组长叫梅尔吉泽德克,30来岁。像他这样在有了坦赞铁路后出生的,在当地也被叫做"坦赞铁路一代"(Tazara Generation)。

他的营生是水稻种植和买卖。曼古拉所在的基隆贝罗河谷平原是坦桑尼亚南部的水稻主产区。坦赞铁路修通后,当地人民多了一条温饱致富之路:从坦桑尼亚西部运来价格低廉的土豆,解决温饱;把当地产的稻米贩往达累斯萨拉姆卖个好价钱,以图致富。于是,铁路修通之后,这里再也没有发生过大的饥荒。

每年5月末,当旱季来临的时候,基隆贝罗河谷的水稻就开始收割了。整个6月到8月,梅尔吉泽德克都会做收割和贩卖的准备。因为是自己种稻子,他首先要留够自己家的温饱。他也从别人那里收购一些大米,进价1200~1300先令/公斤。他会装足9个标准大麻袋的米,通过坦赞铁路"普客"(慢车)托运到达累斯萨拉姆。他自己也会随车到达累斯萨拉姆。

到了达累斯萨拉姆后,他就会见到很多前来火车站买米的买家。

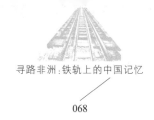
铁路部门也会把一些米直接发给收货人。在一般时令,每公斤米批发价是1500~1600先令(约合人民币6~6.5元)。坦赞铁路的运费是0.1先令/公斤·千米,每公斤大米从曼古拉到达累斯萨拉姆的运费约35先令。

这样算下来,梅尔吉泽德克卖米的利润大约是200~300先令/公斤。他往返一次大约卖一吨米,利润约20万~30万先令(约合人民币800~1200元)。9月、10月的米价还会更高一些,利润更丰,此时也是他最忙碌的时候。

此外,他还把曼古拉或西部来的香蕉贩到达累斯萨拉姆。在坦桑尼亚,香蕉不是水果,而是主食。与国内的香蕉大不相同,当地香蕉又矮又粗,口感非常硬,吃起来很像土豆。香蕉炖牛肉(Nyama Ndizi)是一道常见的坦桑尼亚西部家常菜。是铁路把这道菜肴从西部带到了曼古拉。

忙碌一整个旱季,往返四五趟,就能收入上百万先令,约合人民币四五千元。在当地,这算是不错的收入了。

他说,他知道铁路是中国人帮着修的。铁路把越来越多的外来人口带到村子,农田越来越多。如今,村子附近已经没有未开垦的荒地了——这在开垦率仅3成左右的坦桑尼亚是一件了不起的事。

笔者在旅途中还认识了一对乌干达父子,父亲雷阿(J. Reah)也是利用坦赞铁路做生意。当年,由于乌干达连年战乱,他随家人逃亡到了政局相对稳定的坦桑尼亚。他发现,坦桑尼亚的物价相对便宜,而内陆的赞比亚由于依赖进口而物价昂贵。他于是萌生了做跨国贸易的想法。他主要做的是服装生意,从达累斯萨拉姆进货,通过铁路运输,到赞比亚卖掉。而其中大量的是中国产的廉价服装,有很多都是二手衣服。这些二手衣服在非洲内陆却非常畅销。

笔者此行也曾登上过坦赞铁路的货车车厢。里面满登登的,全是各种物资,很多都是像梅尔吉泽德克和雷阿这样的小商人的买卖营生。

雷阿在坦赞之间往返多次,感觉赞比亚收入水平更高。尤其是近几年赞比亚北部铜矿重新兴旺起来——这很大程度上是拜中国对铜的海量需求所赐——他认为那里的机会更多。因此,他决定带着儿子举家搬迁到那里谋生。

雷阿年仅6岁的儿子乔纳森是笔者旅途中的"开心果"。他比他父亲的心思更大,他希望能把自己装进笔者的相机里,这样他就能到中国旅行了。

坦赞铁路,不仅给沿线人民带来了生机和商机,还向他们展示了一个更大的世界。

坦赞铁路"市场经济"

在坦赞铁路沿线采访期间,笔者受惠于三件"神器":第一件神器是笔者的黄皮肤黑眼睛,经常因中国人的身份而受到当地人的热情款待,被孩子们围着喊"契那、契那"(意为中国)——当然,这也少不了分给他们糖果;第二件神器是笔者手持的坦赞铁路局发放的采访许可证,曾在笔者遭受盘问的时候充当护身符;第三件神器是"妈妈珍妮",不少当地人一听说笔者是"妈妈珍妮"的朋友,就打开了话匣子。

这位神奇的"妈妈珍妮"名叫杰米·蒙松(Jamie Monson),中文名孟洁梅,"妈妈珍妮"是她的斯瓦西里语名字。她是一位美国教

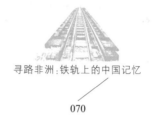

授,从事坦赞铁路研究已有近30年了。

20多年前,蒙松正在美国斯坦福大学准备博士论文。按最初设想,她想研究德国(曾殖民坦桑尼亚)对坦桑尼亚南部经济发展的影响。但是,经过实地考察,她发现,拉动当地经济发展的不是德国人,也不是后来的殖民者英国人,而是中国人和坦赞铁路。

蒙松教授在多年实地考察后得出结论:当地人民利用坦赞铁路,创造性地建立了"铁路市场经济",即铁路沿线的短途小额商品交易,使得坦赞铁路沿线的普通百姓摆脱了赤贫。

根据她的研究,从1978年(铁路通车的第3年)到2002年,铁路沿线的基隆贝罗地区人口年均增长4.74%,超过了同期坦桑尼亚全国平均的2.8%。其中,铁路沿线的姆宾古(Mbingu)、姆林巴和伊贝特(Ibete)增幅最高,都超过了6%——事实上,这些地方在修铁路前还是荒无人烟的丛林,或很小的村子,但是现在已经变成了城镇。曼古拉、基贝雷格、伊法卡拉等地的人口增幅也超过了坦桑尼亚平均值。这说明,即使剔除自然增长因素,铁路沿线的人口也是净流入的。

她还通过分析比对卫星照片,研究了坦赞铁路通车前后的土地利用变化。她发现,从1975年(铁路通车前一年)到2001年,基隆贝罗地区耕地面积由约350平方千米骤升至约1250平方千米,利用率由8%升至27%。这说明,耕地增加快于人口增加,保证了沿线人民的温饱。

不过,蒙松也发现,"靠铁路、吃铁路"也有一些负面案例。一些沿线民众使用甚至偷窃铁路财产,比如使用车站水管、偷盗通信器材、把枕木拿回家晾晒鱼干等。

　　笔者在旅途中，也曾询问过一些沿线村民，得到的答案不置可否。有村民说，这些都是"中国人的财产"，不是坦赞铁路局的，"如果中国人回来了，当然会还回去"。

　　耕地增加，铁路货运，以及无法被准确计算的信息交换，给了沿线人民脱贫致富的机会。坦桑尼亚南部本是最贫穷落后的地区；但是，经过多年发展，2004年，该地区人均每日可支配收入超过了1美元的国际贫困线，宣告了脱贫。现在，像梅尔吉泽德克组长这样的"坦赞铁路一代"正在为致富而努力。

"临时停车点"的故事

　　笔者乘乔治的摩托车赶往下一个车站：基贝雷格（Kiberege）。我们走的是达累斯萨拉姆经米库米（Mikumi）通向伊法卡拉的公路。

　　说是"公路"，其实大段是坑坑洼洼的土路、搓板路，路况非常差。笔者坐在摩托车后座，必须戴着头盔，否则就成了吸尘器——其实就算戴了头盔，还是吃进去不少土。一路走，一路颠簸，笔者感觉快要把五脏六腑都颠出来似的，非常难受，但还必须得忍着，否则一松手可能就要被颠下去了。遇到大车，就不得不停下来，否则扬过的沙土会遮挡住视线，非常危险。好几次，摩托车都陷在沙子里，笔者不得下来帮乔治推车。

　　这条路就是40年前坦赞铁路的建设者们进出工地的必经之路。由于路况极差，交通事故频发，不少援外职工在这条路上遇车祸受伤，甚至付出生命，这条路也被一些援外中国司机称为"阎王路"。直到今天，路况仍然很差。笔者在达累斯萨拉姆雇的司机查拉米拉（Chalamila）一听说笔者要去那里，一个劲地摆手摇头，说路况太差

了——他连着用了三个"very"来形容路况之差,说他的车去不了,去了就要报废。

10千米多的坑洼土路,颠簸了1个多小时,终于到达基贝雷格。好在前一天在曼古拉已经通过坦赞铁路仅存的一小段光缆通知了基贝雷格车站,说有个中国人要去参访,此时车站工作人员正在等候着笔者。

说是"工作人员",其实只是两个保安而已。目前,车站只有三名保安负责日常维护。其余的工作人员都已经被裁撤。

实际上,这也并非一个"车站"(station),而只是一个"临时停车点"(halt)。所谓"临时停车点",就是火车不靠月台,就在主干道(正线)停两三分钟,供乘客上下。事实上,基贝雷格也只有一条正线可供使用。

没有站台,所以乘客上下车很麻烦;而停留时间如此短,迫使乘客不得不抢上抢下,有的乘客则翻窗而入。乘客互相推搡抢位,甚至经常要在开动中完成上下车,危险自不必说。

图18 基贝雷格"临时停车点"的两名工作人员

那么,"临时停车点"机制到底是如何形成的呢?这还要从坦赞铁路的商业化改革说起。

前文说到,1986年或20世纪80年代中后期是坦赞铁路的一个分水岭。到1990年,坦赞铁路虽然表面上维持着盈利,但实际情况已经举步维艰了。

随着20世纪80年代中后期

坦桑尼亚打开国门，西方国家重新以"援助者"的身份回到这个国家，并在一定程度上介入了坦赞铁路。1990年，以美国和欧洲共同体为代表的西方捐助者向坦赞铁路局致函，提出警告："坦赞铁路要想生存下去，就必须尽快进行大幅度的改革，否则我们就没有在将来为坦赞铁路提供资金的计划。"而西方人眼中的"改革"的实质就是商业化和减支。

1992年，《坦赞铁路商业化研究报告》出炉，作为西方援助者为坦赞铁路开出的"药方"。"药方"的核心之一是控制成本。为了控制成本，报告提出了两个分局成为半自动的成本利润中心的方案。1995年，商业化方案正式开始实施。

公允地说，商业化本身不失为坦赞铁路走出困境的一个正确方向。不过，由于各种复杂的原因，商业化的各项举措并未得到全面落实。事实上，西方主导的这套商业化方案本身也存在问题。将两个分局作为独立成本中心的方案，加强而不是削弱了分局的作用。结果，直到今天，两个分局都有大量冗员，而分局这一级别本来都是不必要的，是需要裁撤的。商业化后，运输系统被分为客运、货运和运营三个部门。这三个部门都有权向车站站长下达指令。结果，在车站站长这里，一个"媳妇"上面有三个"婆婆"，不知道听谁的好，造成指挥错乱。

在基贝雷格与曼古拉之间，一间很破旧的茅草屋里，笔者见到了基贝雷格车站被裁撤前的站长马奎塔（M. Makweta）。在商业化改革后，他历任伊法卡拉、奇塔（Chita）和基贝雷格三个车站的站长。他回忆，当时的坦赞铁路内部管理非常混乱。身为车站站长，他经常要听那些"中学毕业的、没什么铁路管理经验的外行人"下达相

互矛盾的指令。他认为,这正是铁路变差的重要原因。

最后,商业化方案也并没有得到全盘贯彻;能够被落实的"成果"就是裁撤车站了。1995年,为了落实商业化,减少人力开支,全线关闭了11个车站。这是裁撤车站的开始。

针对西方提出的商业化,中国铁路专家组提出了一套完全不同的改革思路:以改进服务、提高收入为核心,而不是一味想着怎样降低成本。在具体方案上,中国人主张借鉴当时国内的改革做法,采取承包责任制,建立完善奖惩制度,调动管理者积极性。但是,中国人的建议并没有被采纳。

由于商业化方案并未得到贯彻落实,再加上方案本身也存在问题,坦赞铁路并未脱困。到了2004年,世界银行委托普华永道会计事务所(PWC),给"休克"后一直试图"苏醒"的坦赞铁路做咨询。

2005年,普华永道提交了一份咨询报告。报告主要是从财务角度出发,提供的解决方案可以归纳为一句话:特许经营,节省成本。

特许经营的实质是私有化,对象必然是外资。但这涉及政治,而且需要谈判,要花费较长时间。在节省成本方面,各级官员显然不愿意被"节省"掉。裁撤车站则在当期就可以做到,而且马上能省出一笔钱。于是,落到基层,节省成本又变成了"裁撤车站"的代名词。

2006年起,为了节省经费,坦赞铁路局将一批车站降格为"临时停车点",基贝雷格也在其中。

这一变动,固然是坦赞铁路面对客观现实的举措,大方向是合理的;然而,另一方面,这确实给被裁撤车站的乘客带来了不便,甚至悲剧。据基贝雷格车站保安描述,前两年,基贝雷格曾发生过一起事故:有两名乘客在漆黑的夜里上车,此时列车已开动,两人因互相推搡而双双跌落,命丧车轮之下。

非洲人说话普遍是带有夸张的。笔者也没有验证这则故事的真伪。但是,可以确定的是,基贝雷格当地人非常依赖这条铁路;而车站被降格为"临时停车点",确实给他们带来很多麻烦,引发了强烈不满。很多沿线民众呼吁铁路当局,将像基贝雷格这样的"临时停车点"重新升级为车站,这样列车能停靠更长时间,上下车更方便,也有工作人员可以负责。

"临时停车点"的故事,是坦赞铁路经营困境的一个缩影。而这则故事的流传,也从侧面折射出,沿线人民对铁路现状是多么不满,多么渴望坦赞铁路重新焕发生机。

寻觅中国身影

曼古拉的中国工地

曼古拉东北，以前是方圆十数千米密不透风的原始森林。1970年，中国人就在这里劈荆斩棘，建起了坦赞铁路第一个也是最重要的前进基地，盖起了工厂车间，开始了坦赞铁路的修建。鼎盛时期，数千人曾在此热火朝天地工作，车床厂、混凝土热枕厂、机械大修厂、轨排厂错落在这片不算大的地方，钻孔机和起重机夜以继日地运转，汽车队一批一批地运来各种物资，大到钢材架构，小到衣物蔬果。人声鼎沸，机器轰鸣，车流川息。

如今，这里荒草凄凄，彼黍离离。在已经废弃的厂房旧址上，笔者迷失了方向。快下雨了，天气异常的闷热，大风骤起，吹得高大的铁架发出"呜呜呜"的声响。

与工地一路之隔，有一座仅10余户人家的小村庄。现在，中国工地旧址已经成了村民们的耕地。时隔40年，仍有村民指着笔者，又指着废弃的工地，手舞足蹈地叫着，"契那!契那!"（中国）。不知她说的是笔者，还是工地，还是被荒草掩藏在非洲腹地的那段历史。

图19　暴雨来临前的曼古拉中国工地厂房旧址

小村庄依山傍水，是个风景优美的好地方。她背靠着乌宗瓜一座几百米高的山。这座山植被繁茂，最神奇之处在于山顶总是被一股白雾笼罩，颇有些神秘之感。从山间流下一股溪水，隔开小村庄与中国工地，据说终年不断。也因此，当地村民把这座山看作神山，传说山中有神，谁惹怒它，谁就遭殃。

曼古拉基地有一位姓王的援外职工（一说此人为机械大修厂厂长王成，一说另有其人），因为身强力壮，又作风果敢，人送外号"王大胆"。他听了这个传说，不信这个邪，决心上山探险。他手持一支中国制步枪，率领8个壮汉，一路披荆斩棘，经过一天的探索前进，登上了山顶。当然，山神是没见着，一无所获，空手而归。从此，神山之说不攻自破，"王大胆勇闯神山"的桥段也不胫而走，

图20　曼古拉中国工地厂房，和身后白雾笼罩下的乌宗瓜

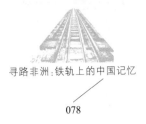

在"老坦赞"的圈里流传至今。

不过，当地人对此有另一番解释。笔者就听向导乔治说了一个在曼古拉一带流传甚广的段子——

话说，很久很久以前，一群中国人来到曼古拉准备修铁路。不料，他们开山采石的行为惹怒了山神，山神决定惩罚中国人。中国人采了石，第二天就发现石头自己又回到山上；中国人砍了树，第二天就发现树木自己又长了出来。于是，中国人围成一圈，祭拜起他们自己的神器——一本小小的红色的书（此处显然指的是"红宝书"）。然而，第二天开山的时候，发现一切还是原样，那本小红书根本不起作用。垂头丧气的中国人没有办法，请教了曼古拉的长老。在当地长老的带领下，中国人祭拜了山神，求得了神的谅解。在山神的庇佑下，铁路终于修通了，村里人从此过上了幸福的生活。

笔者是在捧腹大笑中听完的这段传说。然而，细细想来，这个段子虽然荒诞却并非不经，从中能读出很多内容。在当地人眼里，中国人天不怕地不怕，连开山采石这种得罪神灵的事情都能干得出来，可以想象，中非文化的冲突难免碰撞生出火花。而正处在"文革"中的中国人，即便有外事纪律和语言障碍的阻挡，想必也没少对"黑人阶级兄弟"宣传毛泽东思想。这恐怕就是"祭拜红宝书"情节的现实原型。"祭拜山神"的情节，可能象征着中国人在磨合中逐渐适应了非洲当地习俗，对当地文化采取了尊重包容的态度。最后，这个传说有个光明的结局，显示口耳相传的流传者对这条铁路和中国人是肯定、赞许的。

无论如何，铁路修通了，改变了曼古拉一带人民的生活。从前的神山也走下了神坛，成为一处小有名气的旅游胜地，供来自各地的游客攀爬游览。一些村里人还靠着当导游致了富。中国工地旧址旁的小村庄仍然只有十几户人家，但却在村旁盖起了一家在当地来说相当豪华的旅馆，供登山的游客休憩。不知道这算不算是当年的那位中国厂长"王大胆"为当地人留下的财富？

就在笔者在中国工地旧址流连，着迷于往事的时候，一场暴雨没经任何预告地到来了。热带的雨，狂野，豪放，直接。没有任何前奏，密集如注的雨就齐刷刷地从天而降，水银泻地一般，敲打着大地。激起的水花，为中国基地旧址铺上了一层乳白色的迷雾。雨打在树上，茅草屋上，厂房的钢铁架子上，还有废旧的铁轨和石板上，发出高低错落的声音，像是一曲交响乐进入高潮。一道道闪电发出刺眼的寒光，犹如利剑划破长空。或清脆或沉闷的雷声在天际回响。

在不少坦赞铁路援外职工的记忆里，40年前那场惊心动魄的"决战502"，就是在如此狂野的非洲雨季里拉开的帷幕。

决战502

"决战502"，指的是从达累斯萨拉姆到姆林巴之间的502千米工程，又称"达姆段"。那个时代的人喜欢用"战役"来指代工程。从另一个侧面看，在当时的技术条件下，在陌生的热带丛林修铁路，艰苦程度确实堪比战场，也会有伤病甚至牺牲。

当时，对中国人是否有能力建设坦赞铁路，国际上和当地人都是一片怀疑。

西格纳里村（Signali）位于基贝雷格以西。Signali在斯瓦西里语中是"记号"的意思。村民对他们的村子为何叫这个名字有两种说

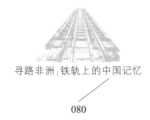

法:一种说法是英、德殖民者争夺坦桑尼亚,在此作了标记;另一种说法则是中国人修坦赞铁路,在此作了记号。如今,坦赞铁路就从"记号村"村口经过,有的住家距离铁路仅有几米。笔者在这里停下来休息,随意走进一户人家与女主人攀谈。男主人听到了笔者的声音,从屋里出来,说一听说话就知道是中国人来了。

他是"记号村"村民里姆比里(G. Limbili),亲历过铁路修建,如今已经是古稀之年了。据他回忆,当初村里人一听是中国人要来修铁路,都非常愤怒,因为他们听说中国人是用竹子修铁路的。

这或许来自一条当时广泛流传的谣言:说因为中国盛产竹子,所以估计坦赞铁路是要用竹子修建。一家外媒还曾刊载过一幅漫画:一个留着长辫子、身穿马褂的中国人,正在用竹子管蘸着肥皂水吹起了一个大大的肥皂泡沫,上面写着"坦赞铁路"。

凡此种种,决定了"决战502"的重要性:中国人必须先行修通这一段铁路,给外界,更重要的是给当地人以信心,而且工期要尽量缩短。

艰苦的工作从考察和勘测就开始了。

达姆段的难度并非在于地形——除了要经过乌德宗瓦山脚下、跨过大鲁阿哈河以外,总体来说地势平坦。但是,地面茂密的热带植被是施工最大的障碍。在勘测设计一分队(当时负责达姆段)给国内领导的简报中,是这样描述当时的情形的:

"……因杂草丛生,甘蔗林、香蕉林一片连一片,各种野生的荒草高而稠密,最高的达四五米,荒草很密,5米外就看不见人影,视线极差。大旗、导线、地形各组只有在砍草、伐树后才能勘测,砍草伐树的速度决定着工作进度。6月中旬以前,几乎天天下雨,天气异常闷热，到处都是沼泽地，淤泥深没膝盖。为了争取进度时常冒雨工作，每前进一步都必须付出艰巨的劳动。"

那个时代的中国人强调吃苦耐劳，强调"没有条件创造条件也要上"。在给领导的简报中都如此抱怨，可以想见，实际困难比简报中提及的还要多得多。雨季的暴雨，旱季的炎热，疟疾、睡眠病、肝炎、霍乱和各种疾病的折磨，铲车里的高温，毒虫毒蛇的叮咬蜇螫，惨烈的车祸，沼泽地积水影响施工，雨季食物极易腐烂，旱季饮用水又奇缺……无数困难考验着修铁路的中国人。

此外，荒无人烟是另一个困难。在铁路修通以前，这一带基本没有人烟，野兽出没袭击伤人的事时有发生。而雨季的到来又使施工进度落后了。

在度过了雨季后，进度逐渐赶了上来，"决战502"迎来了最关键时刻。然而，恰在此时，铺路用的轨距挡板告罄了。轨距挡板被用来固定铁轨，使其不能左右移动。没有了它，达姆段就无法在预定时间内完工。但是，非洲缺乏工业基础，市场上根本买不到生铁。怎么办？

就在吃劲的时候，那位勇闯神山的"王大胆"王成厂长站了出来——无论他们是否就是同一个人，他们的背后都代表了一大批铁路援外职工。王成从当地自来水厂搞来了废旧铁管，又想出来固定模型浇筑的办法，在一星期内铸造了1万多块轨距挡板，铁轨铺设得以继续。今

图21 坦赞铁路的轨距挡板，印有"中国"字样

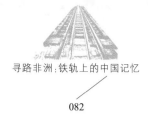
天,这些印有"中国"字样的轨距挡板仍然在曼古拉沿线,支撑着中国人修的这条铁路。

1971年底,达姆段按期全线铺通,"决战502"胜利结束。然而,更大的考验——"姆林巴—马坎巴科路段"(姆马段)——还在后面。中国人在那里将付出更大的艰辛,乃至牺牲。

手把手,肩并肩

老刘师傅:

您好!我叫哈吉·基万加,很长时间没见了,不知道您是否还记得我?40年前,在坦赞铁路工地上,在姆林巴,您手把手教我开碎石机。(因为)我人小,您叫我"小鬼"("姆拖拖")。现在,当年的"小鬼"已经退休,是个老人了。

我不确定您是否还健在。如果您还在,想必也已经80多岁了吧。但是,如果可以的话,我想告诉您,我希望这条铁路能有个好领导,希望它好起来。

如果这位陈先生能见到您,就祝您身体健康吧。

您的

"小鬼" 哈吉

这是一位坦赞铁路老工人托笔者给他的中国师傅捎去的口信。它的背后,是一段中国人和"非洲小伙伴"们之间的故事。

哈吉出生在姆林巴(Mlimba)附近的一个村子,父亲是当地部落的大酋长,因此他可以说是名符其实的"酋二代"了。他本来可以享受种种特权。然而,19岁的他响应尼雷尔的号召,加入坦赞铁

图22 如今的"小鬼"哈吉·基万加

图23 坦赞铁路老工人马奎塔

图24 坦赞铁路沿线的"记号村"

图25 当时的"记号村"村民里姆比里

图26 里姆比里的孙子们

图22 图24
图23 图25
图26

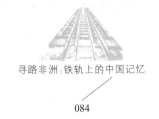
路建设大军,成为了一名筑路工人。

哈吉的工作是粉碎石料,把石头装上大车,然后拉到路基上,作为路轨的基础支撑。一开始,他只是一名劳力。碎石的工作非常辛苦,哈吉的不少工友懈怠了,有的干不下去离开了。而他一直认真努力地工作。他的干劲被中国师傅"老刘"看在眼里。

坦赞铁路建设一般采取分组的方式,每个小组都是一名中国一线工人和当地工人混合组成;以这样的中非混编小组为基础,组成更大的组,由一名或数名中国专家指导,由当地工长负责组织工人;这些组又组成几百到几千人不等的更大的队伍。在这样的序列编排下,中国人既对非洲工人手把手地进行指导,又和当地人肩并肩地一起工作。

哈吉所在的小组由一名中国技工牵头,他和另外几名工友在他的指导下工作。其中一任中国技工姓刘。在哈吉的记忆中,老刘师傅当年40多岁。"因为我个子小,他总是叫我'姆托托'(斯瓦西里语'小孩'、'小鬼'的意思)。他总是说,'姆托托,我们干活儿去吧!'于是,我就总是跟着他工作。"老刘师傅不仅指导他工作,还手把手地教他开碎石机。仅仅一个月,他就能熟练操作碎石机了。后来,老刘觉得哈吉学东西很快,还教他开越野车,以及其他一些机械。

哈吉说,老刘和其他中国师傅都非常善良。"他们严格,但不虐待。"这和此前饱受殖民之苦的非洲人对"外国监工"的印象完全不同。如果工人们没吃饭,老刘会说,给你们30分钟时间吃饭,不要饿着肚子干活。

哈吉和老刘很快成了忘年交。不仅在工作上,生活上也是如此。

老刘向他介绍了很多他以前从来没听说过的东西，"这是发电机"，"那是电池"，哈吉很快变得见多识广了。工余休息，哈吉还经常和中国师傅一起吃饭，学会了用筷子。若干年后，他仍然记得那些美味的中餐，记得他最爱吃的"大米饭"和"糖饼"。

久而久之，他对老刘已经是非常信任。他当时每月拿145先令工资（这高于当时坦桑尼亚平均收入），自己花50先令，其余都交给老刘保管打理。而擅长勤俭持家的中国人也给了哈吉回报：一年后，哈吉有了大约1000先令的储蓄了。这让哈吉非常高兴——这是他这辈子第一笔存款。除了哈吉以外，放心让老刘保管工资的坦桑尼亚工人还有十几个。

前基贝雷格站长马奎塔从前是坦噶尼喀非洲民族联盟（TANU）的青年团团员——TANU是今天仍然执政的坦桑尼亚革命党（CCM）的前身，而青年团是TANU领导下的准军事化青年组织。当时，青年团号召单身汉去修建坦赞铁路，当时还单身的马奎塔就这样加入坦赞铁路筑路队伍，和中国人一起工作。

一见到笔者，他开口就用略带陕西口音的汉语问候笔者："你好吗？工作好不好？辛苦了!"在非洲腹地，茅草屋里，却听到久违的乡音，这种感觉太奇妙了。

由于是山地路段，还涉及隧道工程，马奎塔所在的组有一半是中国人，比例很高，团队领导也是中国人。"中国领导是个很好的人，我们相处得非常开心。我们一起工作的时候，有时候都分不清谁是领导、谁是下属。"

当时的工地配备了翻译，因此有条件用斯瓦西里语教当地人技术课程。但是，实际上，他们在工地发明了一种"斯瓦西里汉语"。

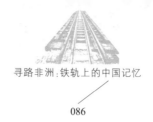

例如,他们管吃饭叫做"乔乔",就是模拟吃饭吧唧嘴的声音。

马奎塔也学会了一些汉语,例如"注意安全"——这是隧道工程的必备语言。他的"安"字发得鼻音非常浓重,估计教他这句话的师傅大概是个西北汉子。与笔者聊得兴起,他当场引吭高歌,唱了一曲大概是"毛主席是我们心中的红太阳"之类的中国歌。笔者这个年龄的人已经不大知道这种歌了,但马奎塔居然用汉语唱了下来。

"中国人非常好,真的是为了友谊而来。以前的白人,英国人,都是高高在上的,只会利用我们。所以,我们一开始也把中国看成'白人',还以为他们只是来当监工的。但是,他们很快融入了工作,'手把手'地教我们技术。"马奎塔说到这里动了情。

中国专家的居住条件也和当地工人相仿,也都是住在帐篷里。哈吉就帮老刘等中国师傅们搭过帐篷,他记得窗户是草和树枝做的,非常简单。中国专家和非洲工人也经常一起看电影——只不过,他们往往分坐屏幕两边。

由于文化不同、语言又不通,在工作和生活中,中国人和当地人也有磕磕碰碰。马奎塔说,中国人要求比较严格,很容易生气发脾气,发脾气之后就会骂人。他说,他们非洲人有自己的节奏,有时候做一些事情,中国人就觉得是怠工了,双方会产生误解。

有一次,马奎塔自己也被骂了一句"他妈的",但当时并没有不高兴,因为他不懂这是什么意思,还以为是个没学过的生词。后来,他就学会了这个"生词"。说到这里,马奎塔就学了几句汉语经典骂人话,发音还挺标准,把笔者逗得大笑。时隔40年,马奎塔总算找着机会把这句话还给中国人了。"作为朋友,应当相互尊重,而不是骂人。"马奎塔说。

从坦赞铁路建设时期起,中非之间不同的工作节奏与工作文化就引发了分歧。在工作中,中国人认为非洲人"懒惰",非洲人认为中国人"苛责"。由于坦赞铁路是政治工程、援助工程,因此工作文化上的分歧还不明显。到了如今"走出去"的新时期,在中国人以"资方"面目出现、非洲人以"劳方"面目出现的时候,二者的碰撞就产生了矛盾。在接下来的两篇中,笔者将探讨赴非洲投资的中国企业应如何应对这种差异。

由于严格的"外事纪律",加上语言不通,中国人和坦赞铁路沿线民众交往并不多。不过,有限的交往,还是给当地人留下良好的印象。

里姆比里回忆,当时中国人在他们村子附近采石。虽然语言不通,但是聪明的中国人从当地人的面部表情里学到了很多斯瓦西里语。里姆比里也试着和中国人说过话。"如果你想和中国人搭上话,你得先说rafiki(斯瓦西里语'朋友'的意思),他们才会注意你,认为你有什么重要的事要说。"

里姆比里问中国人,中国人口那么多,能不能养活自己?中国人说,够养活,他们还带了不少来坦桑尼亚呢。里姆比里记得,中国人自己有一个园子,自己种些包菜、辣椒、西红柿之类的蔬菜。

里姆比里回忆,大多数中国人与这里的居民相处融洽,找不到一个和当地人吵架或打架的中国人。"他们总是很友好。"

在说到坦赞铁路的现状时,老人们都不免唏嘘。而在展望这条铁路的出路时,他们又不约而同地想到请中国人回来。

里姆比里说,他们当地早就流传一条消息,说中国人又回来了。如果是这样,他就太高兴了。

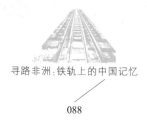

哈吉建议，如果中国人回来管理铁路，一定要把住财务。"如果当地人管理财务，就会出问题，铁路也因此下滑。"在他眼里，中国人是值得相信的，替他保管工资的老刘就是代表。"如果老刘拿着我的钱回中国了，我也没有任何凭据要回这些钱，但我就是相信他，愿意把钱交给他。"

马奎塔说，如果中国人能回来管理这条铁路，他非常想再次与中国人肩并肩地一起工作。"我身体很好，还能干得动！"在告别笔者的时候，马奎塔用汉语反复地说着这句话。

笔者万里迢迢，从北京舒适的家中来到这片狂野的土地，为的是寻找当年中国人和非洲人之间"手把手"、"肩并肩"的那段历史。然而，笔者绝非仅仅是为了凭吊缅怀，更不是希望重复过去的故事。今天，我们中国人以投资者的姿态重新回到了非洲。有人说中国人是"新殖民主义"，这自然是攻讦。然而，我们静下心来，也要扪心自问：我们变得比以前富有了之后，是否也滋生了居高临下的殖民者心态？我们是否觉得非洲人脏、懒、笨，觉得他们一无是处，自己高人一等？我们是否已经忘了自己作为半殖民地的历史，忘记了平等待人的传统？我们是否只顾自己赚钱，没想过给所在地的人民留下物质和精神财富？

援建坦赞铁路是一项前无古人的工程——由于时代的变化，这种特定历史条件下的产物，恐怕也后无来者了。然而，一条坦赞铁路，凝结了很多中国人的优良传统，应当传承下来。"手把手"、"肩并肩"不是传说，而是真实的历史。它应当像一面镜子，警示今天赴非洲投资的中国人。只有相互尊重，"中国梦"和"非洲梦"才能携手并肩。

坦赞铁路的中国背影

笔者在此行中，还通过一次机缘，坐了一回从达累斯萨拉姆港口到达市客运站的通勤列车。这是一般不对外开放的路段。有了这一段的经历，笔者可以说，自己真正"一米不落"地走完了坦赞铁路全程。

坦赞铁路的"零千米"界碑位于港口与库拉西尼（Kurasini）车站之间的分界点。列车从港口开出后，驶过"零千米"界碑，就是库拉西尼站。过了库拉西尼站，就是第一个1千米里程碑。铁路从一个大院的墙边通过。现在，这个大院也被当地人称为"中国大院"（Chinese Compound）。

当年，这是中国援建坦赞铁路的大本营，称为"库拉西尼基地"。所有的人员，从广州港开出后，经过十来天到二十天不等的海上风浪的洗礼，到达达累斯萨拉姆后，都要首先来到这里休息，物资也在这里卸载。基地里设施齐全，还建有一家医院，为坦赞铁路建设中的伤病号提供治疗休养。库拉西尼基地，是所有"老坦赞"共同的记忆。

图27　坦赞铁路建设时期库拉西尼基地的中国医院外景和手术台

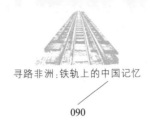

如今，中国医院已经人去楼空，四下里一片静谧。只有印度洋的海风吹过，发出呼呼的声响。青砖瓦，镂空窗，那个年代的中国元素仍然在非洲炙热的天气下顽强地矗立。栏杆上结了蜘蛛网，"手术室"三个大字已经斑驳，但屋子里的手术台仍然原封不动，仿佛随时准备下一台手术。

库拉西尼基地旧址如今是中土东非公司的总部。中土公司的前身就是原铁道部援外办公室——当年主要为援建坦赞铁路而设立的机构。1979年，这个机构退出历史舞台，取而代之的是逐渐市场化经营的中土公司。原来的坦赞铁路项目和其他东非援外工程经过整合，逐渐形成了今天的中土东非公司，成为最早在非洲承建项目的"走出去"企业。公司的总部设在这座中国大院，与坦赞铁路一墙之隔，这显示出坦赞铁路与这家公司之间的血脉传承，也象征着传统的政治援外与新时期的中国企业"走出去"之间千丝万缕的联系。

如今，中土东非公司在手项目总规模约3亿美元，在坦桑尼亚乃至整个东非从事基础设施建设工程，从公路、楼房到给水设施。他们的金字招牌正是坦赞铁路。

在结束坦赞铁路的工作后，中国援外干部们也是从库拉西尼基地这里离开的，很多人是带走了一辈子的非洲情结。他们中的有些人，则终生与这片非洲热土结了缘。

在达累斯萨拉姆的使馆区，有一家"北京饭店"。当然，这肯定没有长安街上真正的北京饭店那样富丽堂皇，但是喜庆的红灯笼和对联，多宝阁窗户的设计，还是使这个二层小楼散发出一股浓浓的中国气息。

"北京饭店"的老板名叫杨凤兰。她是一位"老坦桑"了。20世纪60年代，杨凤兰和许多同龄人一样"上山下乡"，在北大荒度过青葱岁月。然而，命运将她与万里之外的非洲紧紧连结在了一起。在援建坦赞铁路的大背景下，出于加强对非洲工作的目的，北京外国语学院在"文革"的艰难情况下开设了斯瓦西里语专业。正在插队的杨凤兰就这样成为我国第一批斯语专业的大学生。

毕业后，她被分配到了坦赞铁路建设工地担任斯语翻译。长达1860千米的坦赞铁路，不仅链接了相隔万里的中国与非洲，也铺设了坦赞铁路援外职工们的人生轨道。

杨凤兰迅速在坦赞铁路上开启了她的新的人生。在那里，她认识了一位小伙子，他同样在坦赞铁路负责援外工作。他们俩结合后，生下了一个女孩。为了纪念这段"非洲爱情故事"，他们为女儿起了一个名字：杜非。

从坦赞铁路回国后，杨凤兰被分到机关工作。与坦赞铁路的热火朝天相比，机关的办公室确实有些无聊。进入20世纪90年代，随着"下海潮"的兴起，杨凤兰也在寻找另一种生活。1993年，她再次来到坦桑尼亚——这次不是以援建者的身份，而是来坦桑尼亚创业。

如今，她在达累斯萨拉姆开办了中餐馆兼旅馆和榨油厂，她还担任坦桑尼亚中非商会秘书长。她的女儿——"非洲爱情故事"的结晶杜非——正在逐渐接过她的生意，成为一名名符其实的"非二代"。

而有些人，他们的身躯已经永远留在了非洲这片热土，守望着坦赞铁路，留下了一代中国人远去的背影。

从坦赞铁路起点开出20多千米，有一处风景优美的林地。蓝天白云下，树木环抱中，牺牲在坦赞铁路的中国援外职工安葬在这里。

走进墓地大门，迎面看到"中国专家公墓"几个大字。洁白的

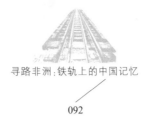

汉白玉碑面与如茵的绿草相互映衬,显得纯洁、宁静、肃穆。由花岗岩筑成的墓碑整齐肃立,墓碑上镌刻着墓主人的姓名、籍贯和生卒年月,背面则刻着他们在坦赞铁路所从事的工作、主要事迹和牺牲原因。

笔者看到其中一个墓碑比较特别,用烫金字写着"金成威"三个大字,字体也与其他墓碑不大一样。原来,这块碑是刚刚做成的,背后还有一段令人动容的故事。

2009年,时任国家主席胡锦涛访问坦桑尼亚时,来到坦赞铁路中国专家公墓凭吊。他在牺牲时最年轻的靳成威墓前长久伫立,动情地说:"靳成威同志,我代表祖国的家属来看你了!"原计划15分钟的凭吊,由于胡锦涛久久不愿离去,实际进行了45分钟。

此后,中土公司在寻访烈士遗属的工作中发现,靳成威本名"金成威",可能是由于同音而被误写。中国援建职工在高峰时共16000人之多,这样的情况难免发生,一些人直到牺牲后仍然难以核对准确姓名和生卒年月。

金成威出生于1951年——如果他今天还活着,应该是笔者的父辈了。1971年底,就在铁路工程进入姆马段的关键时刻,他被选拔来到坦桑尼亚,担任驾驶员。在一封家信中,他给父亲金开恩寄回了一张世界地图,在上面标注了坦桑尼亚的位置,告诉家人不要牵挂他。

金成威在异乡牺牲后,这张世界地图就成了父亲对儿子最大的念想。从此以后,老人闲来无事就摹画儿子寄来的这张世界地图,这一摹就是40年。当老人用颤抖的双手从油漆斑驳的柜子里捧出一摞纸卷,一一摊开的时候,映入眼帘的一张张手绘世界地图,上面是密密麻麻的地名。在他的地图上，"印度洋、坦桑尼亚、达累斯萨拉姆"这几个地名最粗、最有力，也被摩挲得最深。

笔者回国后曾查阅了在坦赞铁路牺牲的中国专家名单。由于年代久远，而且当时的援外职工从全国抽调，涉及的原工作单位多达数百个，准确的牺牲人数众说纷纭。根据一份记载，在修建坦赞铁路过程中，有案可查的牺牲人数为65人，其中17位安葬在赞比亚姆皮卡，1位在风大浪急的海船上突发心脏病去世，按习俗举行了海葬，其余的47位援外职工都安葬在达累斯萨拉姆郊区的中国专家公墓里。此后，又有4位中国人在对坦赞铁路进行技术指导期间去世。各种疾病是夺走这些中国人生命的第一杀手。工程事故和野生动物的袭击也吞噬了他们中的一些人。也有不少中国人死于车祸——这要归咎于当地糟糕的路况。他们长眠在异国他乡，铁路就从墓地的旁边不远处经过，他们仍然能每天看着这条用中国人的汗水和生命筑成的路。

终点，也是起点

魔鬼路段

　　告别了曼古拉的中国工地旧址，告别了马奎塔、哈吉和里姆比里，也暂时告别了那段历史，笔者再次踏上重走坦赞铁路之旅。此时是旱季和雨季交界的夜里，基隆贝罗河谷像一个闷罐子一样，天气湿热，有时让笔者喘不过气来。站台四周仍然是漆黑一片。借着手电，笔者踏着杂草与碎石走向黑暗深处，登上一列"普客"（慢车），继续向西前往赞比亚。

　　慢车条件果然更加堪忧。没有枕头，只好枕衣服。上铺的挡板也没有了，列车又摇晃严重，睡觉时要小心不要掉下去。水龙头没水，只好拿矿泉水勉强洗漱。厕所没有门锁，甚至门都关不上，窗户又大开，个人隐私很成问题。包厢内很快弥漫着非洲人浓重的体味和各种当地食物的味道，这自然吸引了一拨一拨地扑到笔者身上的蚊子。没有垃圾桶，也就入乡随俗，把废物直接扔出窗外，同时还要防止被其他旅客扔出的废物砸到。

进入山区了。入夜，即使是热带的雨季，天也有些凉了，冷风从大开的车门和窗户灌了进来，正好对着笔者的铺。过了隧道，就是桥梁，然后又是隧道，一个接着一个。车走得很慢，一路上走走停停。

这就是著名的"姆林巴—马坎巴科路段"，简称"姆马段"。155千米都是爬坡的山路，平均坡度达0.55%，最大坡度达2%，高差较大，地质条件复杂。虽然姆马段只占铁路总长的8.4%，但全线22个隧道中有18个在此段。这里山体松软且变形严重，地质极不稳定，修隧道很容易塌方。此外，还有8座高桥，考验着当时技术能力并不强的中国人。尤其是姆林巴（Mlimba）至鲁阿哈河（Rv. Ruaha）之间的短短80多千米，海拔一下子由300多米升至1200多米，标高上升非常迅速，通俗地说，这意味着铁轨需要爬升的坡度很陡。山坡陡峭，相对高差多达50~200米，有的地方自然坡度达到40度。铁路修通以前，谷底多有多年冲积形成的沼泽湿地，人走在上面都有陷下去的危险，更不用说成吨重的路基、铁轨和火车了。

当年，周恩来曾向尼雷尔打过预防针，说坦赞铁路存在因技术困难而修不成的可能。这里的"技术困难"指的就是姆马段。

马奎塔就是姆马段建设大军中的一员。他当时已经被分配到了位于姆盘加（Mpanga）附近的一个隧道。第一步是做勘测。"我们从山顶上打一个井下去，在山体里找到一个汇合点，之后就在这个汇合点去测量和调查。测量总共花了15天时间，不是很长，因为我

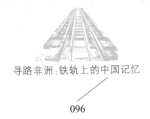

们打了井下去后，发现和之前中国人做的测量是完全重合的，就说明是对的。于是，我们就开始从里往外开凿了。"

隧道是整个坦赞铁路最难的部分。马奎塔回忆，因为长年气候湿热，山体有很多多年腐烂植被形成的淤泥，时不时就涌进隧道，因此他们叫它"烂隧道"。"烂隧道"非常危险，有时候会突然塌方。特别是"姆盘加3号隧道"，还有"11号隧道"，都是非常艰难的工程。

马奎塔还清楚地记得发生在"姆盘加3号隧道"的一次事故：有一天，一大股烂泥从山顶向下的井涌下巷道，埋了好几个人。当时，他正好出去吃饭而幸免于难。有一位中国师傅正在隧道里作业，为此牺牲了生命。

还有一次，同一座山有上下两个隧道，从上面的隧道掉下来了一块石头，砸死了山下的一个中国技术员。马奎塔记得他好像叫"老唐"，年纪不算太大。

笔者查阅了资料，发现确实有一名叫"唐寿长"的中国援外干部在坦赞铁路牺牲，但资料显示他牺牲在赞比亚，而非马奎塔回忆的姆马段。他们的姓名也许随着亲历者记忆的流逝湮没在历史里，湮没在非洲的大地青山。然而，这条"友谊之路"一直守望在他们牺牲的地方。

一年多时间里，马奎塔先后在姆马段的5个隧道里工作。直到今天，"隧道"仍然是马奎塔记忆最深的汉语单词。

1972年年底，这个地质条件恶劣的山区路段通车。当时的国内报纸写道，"(姆马段通车)有力地表明了坦、赞、中三国人民修成这条铁路的钢铁意志。"背后，则是筑路工人的汗水乃至牺牲。因为非常艰难，当地工人私下将姆马段称为"魔鬼路段"。

坦桑尼亚西部小高原

一整夜，在火车的走走停停中度过。第二天早上，才走完了姆马段的155千米，到达了马坎巴科（Makambako）。这里是坦赞铁路与连接坦赞的大北公路的交汇点，因此也就成为坦赞铁路上重要的物流中心。过了马坎巴科，就上了坦桑尼亚西部小高原。短草地，矮灌木，稀疏的猴面包树，高大的树冠迎着朝阳张开怀抱。一派非洲热带草原的景致。

在旺基英贡贝（Wanging'ombe，又译"王金刚贝"）"临时停车点"，笔者亲眼见识了当地人民如何上下车。火车一进站，乘客就携家带口、大包小包地凑了过来。由于"临时停车点"并非正式车站，火车并没有靠站台，而是停在主轨道。乘客就先把包从窗户扔进车厢，人从车门爬上去——因为没有站台，所以姿势确实可以用"爬"形容。有的人图方便，就直接翻窗户了。也就三两分钟，火车就再次开动。因此，乘客要抓紧时间上下车，小贩们也抓紧时间兜售食品饮料，其中叫卖最多的是"Nyanya"，是当地土产的西红柿。当

图28　坦桑尼亚西部小高原

图29　乘客在旺基英贡贝"临时停车点"上下车

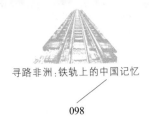
然，也有人试图从车外跳起来顺手勾走笔者放在车窗近旁的相机。

下午，火车到达了姆贝亚（Mbeya）。姆贝亚是坦桑尼亚西部边境重镇，也是坦赞铁路的大站。不知何故，列车在这里逗留了好几个小时。在这里，笔者偶遇了会说汉语的赞比亚人阿尔弗雷德（Alfred）。

他是坦赞铁路姆贝亚维修厂经理，今年56岁，已在半退休状态。他曾经赴中国留学，在北方交通大学进修了3年，汉语也是那个时候打下的底子。他自称当年曾用中文参加考试，但显然，"好汉不提当年勇"了。

他介绍说，姆贝亚维修厂主要负责维修机车。他说，目前坦赞铁路使用的机车主要是美国和德国的，也有中国的，但无论是什么年代、什么国家的机车，如果不修，就会损坏。他认为，缺乏投资是坦赞铁路最大的问题。

他常年在姆贝亚工作，眼看着铁路带动姆贝亚这座城市发展起来。他介绍说，姆贝亚有个水泥厂，因为坦赞铁路而有了销路，可以销往达累斯萨拉姆。但是，现在这个厂子的产品更多走公路了，原因是铁路货运太慢。作为一辈子在坦赞铁路工作的老职工，他希望看到铁路能变得更好。

在姆贝亚停站期间，火车的车牌从坦桑尼亚风格的"乞力马扎罗号"更换为赞比亚风格的"姆库巴号"。"姆库巴"（Mukuba）是赞比亚土语，意为"铜"。铜，一个字点破了坦赞铁路的初衷和未来——赞比亚北部的铜矿。

列车在姆贝亚车站停了好几个小时。阿尔弗雷德介绍，这是因为机车坏了。后来，笔者眼见着一列蓝白相间的火车头缓缓开来——这是中国人再熟悉不过的"东方红"机车。在坦赞铁路,这些"东方红"老爷车已经超期服役,原则上只负责调车,不参与运营。但是,由于机车捉襟见肘,这时候也只好将就了。

后来笔者才还原了这次晚点的全过程。坦赞铁路是单线,即只有一条铁路线路,同一时间、同一地点只能单向通行。而机车又捉襟见肘。因此,在姆贝亚附近,两车东西交汇的时候,有时候要用一台调车机车分别牵引两列车驶过交汇点。然后,两个机车各自调头,由原本向东的车头牵引向西的列车,由原本向西的车头牵引向东的列车。而屋漏偏逢连夜雨,笔者所乘列车的火车头恰好在此时坏了。如此低效的安排,如此高的故障率,坦赞铁路的晚点也可想而知了。

脱轨列车博物馆

火车在姆贝亚附近逗留了小半天,完成东西两车交汇后重新启程了。过了姆贝亚,就驶入了东非大裂谷。这里的景致又大为不同,出现了本书开头的那一幕。列车在瑰丽的景色中穿行,速度很慢。这给了乘客观景的兴致。

申姝延是车上的韩国游客。笔者遇见她时,她正在做"间隔年"的环游世界旅行。她在看完坦桑尼亚的野生动物后,希望一睹赞比亚与津巴布韦交界的维多利亚大瀑布(Victoria Fall)。从坦桑尼亚到赞比亚,一般游客还是会乘飞机,快捷、安全。不过,她听说坦赞铁路沿途可以坐在火车上看野生动物,还会途经东非大裂谷。这让她几经踌躇,最终还是登上了坦赞铁路的列车。她虽然并没有找到野生动物,两天多的摇晃也让她很疲惫,但沿途美景还是让她觉得不虚此行。

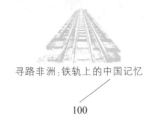

但是,与美景不和谐的是,道路两旁,时常看到出轨后的列车散落在道旁,无人搭理,活像一个移动中的"脱轨列车博物馆"。

目前,坦赞铁路安全状况堪忧,脱轨事故频发。2010年度,全线发生事故达到惊人的300起。这是什么概念?几乎平均每天出一起事故。这还是在运量如此之少的情况下发生的。之所以车头、车辆较少,也是因为出了事故后不能及时维修。

事故原因,有些是客观,有些则是人为。比如,有一起事故是这样发生的:司机在半道的山坡上把车厢解开,单把机车开到车站。车厢就停在坡道上,没有刹车。可以想见,车厢开始溜滑。最后,车厢以几十千米/小时的速度滑下山,撞上了一台才刚修好的机车,车厢脱轨,车头报废。像这样令人啼笑皆非的事故,每年都有很多起。此外,怠工和偷盗也加剧了事故风险。归根结底,是人的问题,包括人员素质、管理和劳资关系。

剔除人为因素,最大的"病根"之一是路基。38年来,坦赞铁路缺乏对路基的保养,一些地方路基出现空洞、滑坡,桥头路基下沉严重。

轨道的"病"也不清。螺栓锈蚀、枕木腐烂损毁常见。按理说,枕木连续5根以上损坏,就无法安全行车,就好比不能走独木桥一样。但是,在坦赞铁路,枕木连续损坏普遍,而火车还是摇摇晃晃地"走独木桥"。这也是为什么笔者的列车摇晃得如此厉害。

实际上,当年中国修建坦赞铁路,采用的标准还是比较严格的,是当年的最高标准。至今,经过38年热带气候的日晒雨淋,轨道、隧道和桥梁的基础仍然完好。问题主要还是出在线路维护上。

在旅途中,笔者曾独自一人,走上一座铁路桥,想亲身做个试验。桥上没有护栏，脚下的枕木则有不少都朽烂了。笔者颤颤巍巍地踏上看起来悬空的"独木桥铁轨"，走了个来回。但是，这个亲身试验只能说明桥梁基础没有问题；路基、桥梁护栏和枕木的问题则很大。据说，坦赞铁路全线有七成桥梁没有护栏，三成枕木腐朽，很多石砟也坏了，而线路维护则跟进得非常不及时。

回到曼古拉车站那位胖胖的值班员马琼萨身上。他只经过了几个月"非常简单"的培训，就上了岗，担任车站值班员，负责线路的维护。在坦赞铁路全盛时期，单是负责维护的工务人员就超过1500人。然而，由于人员素质普遍不够，劳动积极性不高，对铁路的工务保养并没有达到这么多人应有的效果。随着坦赞铁路效益下滑，工务人员也一再压缩。久而久之，缺乏维护的线路很容易损坏，尤其是弯道曲线路段。因此，火车在通过曲线路段时，不得不降低车速，一些地方的限速甚至只有10千米/小时。然而，这些弯道原本的设计时速达35千米。因此，造成弯道外侧轨道超高，并不适合低速行驶。这样，列车就非常容易在曲线路段脱轨翻车。这是出轨事故的罪魁祸首之一。可见，根本原因还是人的因素，而这又回到劳资关系和人员素质的问题上。

* * *

第三天凌晨，笔者乘坐的列车在大雨中到达了纳孔德（Nakonde，又译"那康德"），进入赞比亚了。赞比亚边检官员登车检查。她翻了翻笔者的中国护照，看到上面的赞比亚旅游签证，说了一句"你们是这里最受欢迎的"，就放行了。同包厢的美国游客在补交了60美元后也获放行——落地签证50美元，多出来的10美元是"潜规则"，总

图30 赞比亚境内的坦赞铁路

体还算顺利。但是,同包厢的乌干达父子就没那么幸运了。他们的护照、身份证件甚至行李被翻来翻去,咕隆了一大通非洲英语,最后边检官拿了钱走人,走时似乎还很不满。"都是这样。"乌干达人雷阿对笔者说。

后来才切身体会到,赞比亚人对中国人的感情很复杂,有的很欢迎,有的则不那么欢迎。其间的微妙可以概括为:给钱的时候欢迎,挣钱的时候就不那么欢迎。

第三天,进入赞比亚高原,火车终于跑起速度了。但是,笔者也在疑似疟疾缠身,多日奔波后发起了高烧。在极度难受与疲劳中,笔者的列车于第三天晚上10点多、比预定时间晚了9小时,终于到达了坦赞铁路的终点——赞比亚小镇卡皮里姆波希 (Kapiri Mposhi)。

铁路搬来的小镇

卡皮里姆波希位于赞比亚北部、"铜矿带"边缘,是个人口2万多人的小镇。它闻名于世是因为铁路:它是坦赞铁路的终点。

小镇因铁路而成为赞比亚北部交通枢纽和物流中心。铁路也把四面八方的人带到这里。有很多人从坦桑尼亚带着大包小包过来,把从坦桑尼亚进口的低价商品留在了这里。所以,虽然赞比亚整体物价很贵,但小镇的物价相对便宜。

　　赞比亚是个矿业大国，即使在矿产区外围的卡皮里姆波希也可见一斑。这里遍地都是水晶矿石，当地人用它来铺路，而大部分就随意散落在地上。

　　这里离赞比亚铜矿主产区很近，又有南北方向的赞比亚国有铁路（Zambian Railway，简称"赞铁"），向北连接铜带省（Copperbelt，赞比亚北部省份，铜矿主产区），向南直通首都卢萨卡（Lusaka）。理论上，铜带省的铜开采出来后，可以走铁路运到卡皮里姆波希，从这里转运坦赞铁路。但实际上，由于赞比亚国有铁路与坦赞铁路缺乏联运机制，因此铜只能由公路运到卡皮里姆波希再装车。由此多付运费不说，关键是联运装卸不畅。

　　作为国际交通枢纽，这里也有赞比亚海关的派出点。笔者在这里巧遇了来自中国国内某公司的老戴和老樊。他们公司为卡皮里姆波希提供通关设备，并负责维修。笔者的到来，使小镇的中国籍总人口升至3人。

　　小镇的"中心商业街"其实就是从火车站门口延伸出来的一条土路。街边满是鳞次栉比的货店和摊位，有不少货店是铁路集装箱

图32　小镇唯一的商业街和用铁路集装箱改装的商铺

图31　小镇的全部中国籍常住人口：老戴和老樊

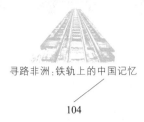

改装的。可以说,这是铁路"搬来"的商业街。

　　看见有中国人来,小贩们都拼命吆喝——中国人在他们眼里好似一张张会动会说话的钞票。最终,笔者看上了一个中国产的手电,价格高出国内很多,但在经常停电的非洲是管大用的。

　　中国产的集装箱,坐着中国人修的铁路,被中国产的火车头拉到这里,被用来售卖中国制造的小商品,而顾客居然是一个万里迢迢到此一游的中国人。在这一刻,坦赞铁路的过去和现在,"政治援外"的"老中国"与"世界工厂"的"新中国",以戏剧化的方式交织在一起,在全球化的今天,在这个偏远的非洲内陆小镇定格。

转　运

　　卡皮里姆波希是坦赞铁路的终点。在小镇的西北,东西走向的坦赞铁路与南北走向的赞比亚国有铁路交汇。为了区别赞比亚国有铁路上的卡皮里姆波希车站,坦赞铁路的终点站被命名为"新卡皮里姆波希车站"(下称"新卡车站")。

　　新卡车站又是一座典型的中国式建筑。在新卡车站广场,陈列着中国产的"东方红"机车底盘和当年的一段铁轨。当年,坦赞铁路的轨距(即两条铁轨之间的距离)修成1.067米,就是为了便于与赞比亚国有铁路无缝对接,好让铜矿通过赞比亚国

图33　坦赞铁路终点站,新卡皮里姆波希车站

有铁路运到卡皮里姆波希后能直接转入坦赞铁路。二个车站相距也仅一两千米，这也是为了方便接驳。不过，现实中，这一设想并没有实现。由于机制等原因，两条铁路的联运并不通畅。

赞比亚国有铁路曾被私有化，由一家以色列公司运营。2012年，在"爱国阵线"上台后，赞比亚政府宣布中止特许经营，收回赞铁的经营权。赞铁与坦赞铁路两条完全不同的铁路在转运机制方面有不少纠纷，加之其他原因，使得目前从北部铜矿带出产的铜仍然主要由汽车拉到卡皮里姆波希，再装上火车，不能为客户提供"无缝对接"的服务。从公路装卸到铁路是个非常麻烦的事情。没有机械，转运工作完全靠人力。

那斯罕是卡皮里姆波希的出租车司机，也是笔者在赞比亚的向导。他经常在新卡车站"趴活"，把乘客拉到长途汽车站，从那里可以向南去首都卢萨卡，向北去铜带省。有时，他也把乘客直接拉到目的地。

笔者再次到访新卡车站的时候，正好赶上车站难得的忙碌时候：他们同时发一列客车和一列货车。笔者看到，二三十个搬运工推着小推车，手拉肩扛，把成吨的货物从汽车上卸载，又装上火车。

情况好的时候，新卡车站每月能发四五列车皮。每个标准车皮挂30节车厢，满载总共是1860吨。然而，就在笔者到访的时候，新卡车站生意惨淡，门可罗雀。车站搬运工告诉笔者，这是这个月头一次装载火车——时值月末，这意味着新卡车站已经整整一个月没发过货车了。

发车不足，原因在于机车不足。此外，坦赞铁路自身管理也存在诸多问题。因此，大量从铜带省来的货物堆积在卡皮里姆

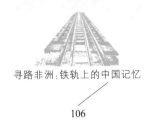
波希镇。有时候,一堆就是两周、整月甚至更长时间。客户自然对此非常不满。

孔科拉铜矿公司(KCM)是赞比亚北部主要的铜矿生产商,也曾是坦赞铁路的主要客户。然而,2008年,因坦赞铁路自身原因,KCM的铜大量积压在新卡车站无法东运,给KCM造成了大量损失。因此,KCM曾宣布停止与坦赞铁路的运输合同。这是坦赞铁路客户流失的一个典型案例。

新卡车站的转运是否畅通,在很大程度上,将决定未来坦赞铁路能否"转运"。

在更大的图景上,坦赞铁路的转运也取决于其与周边铁路的接驳。

现在看来,当年中国人把坦赞铁路的轨距修成1.067米,是非常有远见的。目前,坦赞铁路的轨距与南部非洲共同体(SADC)主要铁路相同,可以无缝接驳。而坦赞铁路是赞比亚北部的最近出海口。

以赞比亚北部"铜都"基特韦为起点的四条主要出海通路

方向	主要铁路	经由国家	终点	里程	状态
东北	坦赞铁路	坦桑尼亚	达累斯萨拉姆港	2047 千米	客货都在运营
东南	马希潘达铁路	莫桑比克	贝拉港	2396 千米	莫桑段刚刚重新开通
南	赞比亚—南非铁路(即"南线铁路")	津巴布韦南非	东伦敦港	3222 千米	基本只经营货运
西	本格拉铁路	刚果(金)安哥拉	洛比托港	2437 千米	由中国企业负责重建,安哥拉段刚刚试运行

然而，问题还是在于坦赞铁路的体制自身。如果坦赞铁路的运营状况不能有好转，那么，无缝接驳的资产也不能实现真正价值。

终点，也是起点

新卡车站站长伯纳德·西蒙塔拉（Bernard Simuntala）今年48岁。他身兼数职：他既是管理员，协调车站上百号人的工作；又是业务员，要联系客户、维持货源；还是服务员，要处理乘客的晚点投诉。在接受笔者采访期间，就有一个外国乘客实在受不了晚点，闯进站长办公室投诉。西蒙塔拉只好暂时停下与笔者的对话，安抚这位愤怒的乘客。

西蒙塔拉于1990年成为坦赞铁路职工。一开始，他是一名扳道工，在这个枯燥的岗位上做了3年。然后，他又做了4个月的搬运工，人拉肩扛地搬运货物。此后，他成为了一名车站值班员。1997年，他来到了新卡车站工作，不久以后成为新卡车站值班员。2005年，他轮换到了调度室主任岗位上。2006年起，他担任新卡车站站长至今。

在他的办公桌上，摆放着中国国旗和赞比亚国旗。他说，这是因为坦赞铁路的历史和现实都和中国有关。他说，很有意思的是，现在往来的货运中，从达累斯萨拉姆开来的很多都是中国产的商品，而从卡皮里姆波希开去坦桑尼亚的铜矿、锰矿等大部分最终是输往中国。

身为车站站长，西蒙塔拉给自己的定位是铁路与客户之间的"中间人"。他认为，目前坦赞铁路客户、货源流失，主要原因是运输时间太长而且不确定，而其中最大的症结是机车不足。只要有了

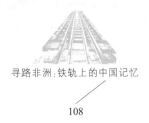

足够的机车，运输就能上去；而一旦运输时间能缩短，货源也就不是问题了。

西蒙塔拉介绍，按规定，坦赞铁路全程的货运时间大概四五天，不会超过6天。但是，经常不能按时完成。现在由于机车紧缺，必须要等有机车才能拉货。从东向西的货运有时候也有问题，进口的货物经常滞留在达累斯萨拉姆港口，因为没钱等原因无法提货，造成滞留，有时候会滞留个把月甚至更长时间。

对做生意来说，时间就是金钱。因此，做铁路运输经营，第一要务就是缩短运输时间、提高运输效率。然而，货物经常滞留，有时甚至滞留一个月以上时间，客户自然就不会选择坦赞铁路。

其实，坦赞铁路还是有一定价格竞争力的。与英国人修的赞比亚—南非铁路相比，坦赞铁路的运费低了将近50%。与美国人修的坦赞大北公路相比，坦赞铁路的运费也能节省40%左右。但是，问题在于坦赞铁路的运输太不靠谱。这样，即使坦赞铁路有廉价的优势，客户也因为忌惮货物积压滞留而舍近求远。

西蒙塔拉也时常听到客户的各种抱怨。为了争取客户，西蒙塔拉从车站站长变身为业务员。他经常去赞比亚北部铜带省乃至刚果（金）（DRC），为坦赞铁路争取货源。"我是客户与铁路之间的'桥梁'。"他这样形容自己的工作。他说，为此他还自费学习了市场营销的课程。

不过，他还是认为，只要货运速度提上来，客源就不愁。而货运速度慢除了机车不足外，很大的一个原因是坦赞铁路机构叠床架屋。

坦赞铁路虽然运量少得可怜，但公司治理机构却是"高大全"。坦赞铁路设有部长理事会和董事会，总局长定了还得董事会和部长理事会批准，经常为了一点小事开会，议事效率极低。全线设路局、分局、站段三级管理，机构叠床架屋。国内铁路目前已经撤销了分局，由路局直接控制站段。但是，在坦赞铁路，还是由坦桑尼亚分局和赞比亚分局分别控制坦、赞两国境内的运营。不消说，这是政治的产物。

西蒙塔拉认为，分局这个级别完全可以撤销。他完全可以直接向坦赞铁路局总部汇报。

他还抱怨说，上级单位对具体事务管得太多太细。"一些决策本来是在我的职权范围内，但总部可能会不同意。总部希望控制坦赞铁路的一切事务，甚至小到一节车厢的调度。而在赞比亚国有铁路，车站站长可以在自己的职权内作出决策。有些问题明明是非常特殊的，但非要舍近求远，由总部来决定，而他们不了解实际情况。所以，决策权应该下放到基层车站。"

与几乎所有在非洲的采访一样，对话的结束语又落到了个人收入上。西蒙塔拉说，作为车站站长，他的月薪是200万赞比亚克瓦查，约合400美元。他说，这个收入给孩子交学费就很紧张了。说话间，笔者就见到了他的两个女儿。非洲没有计划生育之说，一个男人往往要肩负起一大家子的生活。

笔者还在此采访了车站调度室主任贾斯汀・曼布韦（Justine Mambwe）。从新卡车站到赞比亚塞伦杰，有一段微波通讯可以使用。他当着笔者的面，使用了微波，向塞伦杰车站发出了指令。

笔者还爬上了一台正在发动的火车头。这是美国产GE柴油电动机车，不过明显已经是老旧货了。司机叫斯钱巴，给笔者介绍了机车的情况。他抱怨说，美国机车驾驶室小，而且他声称"连里程表

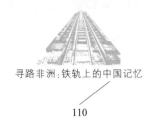

都没有"，"完全要凭肉眼判断速度"。他希望开中国机车，驾驶室的空间大一些，舒服一些。

他的职称是"6级"（共12级），月收入170万赞比亚克瓦查（约合人民币2000元），在当地算不错了。但是，他还是抱怨说，开火车有很多挑战：

首先是长时间的工作，需要倒班——对非洲人来说，在别人休息的时候工作是最要命的，宁可不挣这钱也不愿意做。其次，铁路本身状况差，会带来麻烦。特别是下雨之后，铁轨打滑，要掌握好车头和车厢的连接，否则容易出事故。而且，全线有很多限速路段，笔者实地考察时已多达20多处，这个数字只增不减。特别是马坎巴科到姆林巴之间的"魔鬼路段"，不少限速路段都集中在那里，有30千米/小时、20千米/小时，有的只有10千米/小时。但是，何时进入限速路段，没有任何记号，完全要靠司机记忆。

笔者对"人脑记忆路段、肉眼判断车速"这两点感到非常吃惊。但这确实是坦赞铁路的现状。

笔者沿着车站向西走，看到了一块里程碑。仔细一看，石碑上写着："坦赞铁路终点，1860.543.69千米"。笔者终于从达累斯萨拉姆港口"零千米"处，一路西行，走到了坦赞铁路的终点，丈量了历史与现实的距离。

未来，坦赞铁路的革新，将取决于卡皮里姆波希。从北方过来的赞比亚铜矿，乃至从更遥远的刚果（金）运过来的矿产，能否在此顺利转运，选择坦赞铁路这条出海通道，这是一个根本问题。

在这个意义上，终点，同样也可以成为起点。

十字路口

铜矿带

在赞比亚北部，有一条长220千米、宽65千米的"铜矿带"，是世界上最大的沉积型铜矿床。"铜带"也就此成为这个省份的名称。这里的铜储量达12亿吨，占世界的25%。这里的铜矿不仅储量丰富，而且品位较高。

卡皮里姆波希就在铜带省的边缘。当年修建坦赞铁路，主要目的就是为铜带省出产的铜找到出海口。如今，赞比亚铜矿最大的买家就是中国。有意思的是，向中国运送铜矿，就是从这里装车，通过中国人修的坦赞铁路，经过印度洋直抵中国港口。

铜是非常重要的经济资源，在军事和航空航天领域也有广泛用途。目前，中国是全球最大的铜消费国，冶铜产能约占全球的1/3。2009年，中国铜矿石进口量达612.8万吨，进口依赖度为64%，高度

依赖海外。2013年前8个月，我国精铜和铜矿砂进口量已达615万吨，价值124亿美元；进口未锻造的铜及铜材280万吨，价值222亿美元。铜已被海关总署列入重点进口商品名单。

从供方看，智利出产了全球1/3的铜矿石，此外还有美国等。在这些国家，上游都在必和必拓、力拓等大集团的垄断之下，我国企业作为需方议价能力较弱。而赞比亚可以成为中国有色金属企业进入上游的突破口。

目前，中国的矿业投资已经进入赞比亚。包括中国有色集团，黑龙江、吉林、辽宁的有色矿业公司，中核矿业等，共有24家公司从事采矿。他们集中在北部的基特韦、谦比西（Chambeshi）、卢安夏（Luanshya）、恩多拉（Ndola）等地。截至2010年底，中国在赞比亚投资超过20亿美元。而随着赞比亚政治形势恢复稳定，一些中国的有色金属公司正在加大在赞比亚的投资，届时投资额将会呈几何级上升。

在投资拉动下，赞比亚铜产量逐年回升。根据赞比亚矿业部的统计口径，2011年赞比亚铜产量恢复到了75万吨的历史最高水平，2012年达到了史无前例的82万吨。而根据赞比亚银行的统计口径，2011年铜产量为86万吨，2012年铜产量达到了100万吨——这包括了精铜、矿砂和废铜。赞比亚矿业部也预计，2014财年，赞比亚铜产量按矿业部统计口径也将达到100万吨。这得到了巴克莱资本研究报告的验证。

赞比亚铜带省铜矿储量丰富。随着铜价上升，勘探、投资增加，这一地区铜产量仍有很大潜力。例如，世界最大的黄金生产商巴里克黄金公司在2012年投资了约1亿美元，用于勘探赞比亚铜矿资源。

此外，铜产量受到电力的很大影响，而赞比亚正在努力增加其发电量。赞比亚铜矿商会执行秘书班图庞瑟对笔者说，随着各方对赞比亚铜矿加大投资，其中包括中国企业的投资，赞比亚铜产量有望在5年内突破160万吨。而中国是赞比亚铜矿最主要的最终买家之一。

作为赞铜外运的通道，坦赞铁路正在回馈着她的建设者——中国。

交　汇

过了终点界碑，坦赞铁路伸出一条联络线，缓缓弯向北方，与赞比亚国有铁路交汇。

站在坦赞铁路与赞比亚国有铁路的交汇点，向北遥望赞比亚铜带省，以及想象中更远的刚果（金），笔者恨自己染疟生病的身体，

图34　坦赞铁路终点

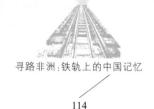

不能支持自己前往那里,寻找坦赞铁路的未来。

刚果(金)南部比赞比亚北部更具矿产潜力。但是,由于交通落后,开发还很少。将来,那里的资源出口仍然可以走坦赞铁路。

刚果(金)钴资源世界第一,储量约占全球的48.6%,铜矿储量约5400万吨,世界第一。而且,开采的客观难度较小,其中不少还是露天矿。主要分布在南部的加丹加省,与赞比亚北部铜带省毗邻。不过,与巨大的储量相比,目前的开采量还很少,年铜产量维持在数万吨,只是赞比亚铜产量的零头。

行业内人士向笔者介绍,铜矿成本约为2万元/吨,冶炼为精铜,成本总计约4.5万元/吨,而现货价格超过6万元/吨。这意味着,如果拥有铜矿全产业链,将有很大获利。

中国一些矿业企业已经开始进入刚果(金)南部。五矿已收购了主营业务为铜钴矿开采的Anvil公司,拥有刚果(金)南部两个矿权。

未来,如果刚果(金)南部的基础设施和交通得到提升,当地矿产资源就可以通过坦赞铁路运往达累斯萨拉姆港口,从那里装船运往中国。因此,坦赞铁路具有战略价值,应被纳入我国在南部非洲的整体战略。

除了矿业外,农业也是坦赞铁路的机遇。坦赞铁路在赞比亚境内长约800千米,沿途光热水土条件极好,适合大规模农场和牧场。赞比亚政府将坦赞铁路两边各30千米的范围开放给外国投资者,总面积约450万公顷。即使按非洲标准,其中的可耕地也有100多万公顷。但是,囿于基础设施太差,这条"坦赞铁路农业走廊"一直未得到开发。笔者在火车上的观感也印证了这一点。今后,坦赞铁路的振兴和农业走廊的开发可以携手并进。

南部非洲共同体副秘书长何安·卡何罗（Joao Caholo）对笔者介绍，他们正在构建"南部非洲交通网"。这个巨大网络将从赞比亚北部向北延伸到刚果（金）南部、向西延伸到安哥拉的港口、向东经马拉维到莫桑比克。整个网络的地理中心是赞比亚北部。这是一个更大范围内的"交汇点"。

目前，美国、英国、南非、以色列、印度等多国都对这个宏大计划感兴趣。而坦赞铁路正好位于整个交通网中的"顶梁柱"。

笔者此行还考察了坦赞铁路的起点——达累斯萨拉姆港口，这是坦赞铁路与印度洋乃至全球海运网络交汇点。目前，中国企业承建的新码头正在施工中。坦桑尼亚分局总工程师约瑟法特·米德罗（J. Midello）告诉笔者，现在的情况是港口吞吐能力正在提升，而坦赞铁路的运量不足，是港口在"等着"铁路。

然而，横亘在理想与现实之间的，是坦赞铁路目前的状况。笔者经过实地采访，得出了一个基本结论：坦赞铁路目前只是勉强维持运营。就像卡皮里姆波希是从坦赞铁路到铜矿带的"十字路口"一样，坦赞铁路也已经走到了自己的"十字路口"：要么就此垮掉，要么浴火重生。

图35 完全没有护栏的铁
　　　路桥
图36 列车行驶在护栏破
　　　损的铁路桥上
图37 脱轨后只剩下底盘
　　　的列车
图38 腐朽的枕木

图 35	
图 36	
图 37	图 38

总 局 长

坦赞铁路局前任总局长阿卡·莱万尼卡（Aka Lewanika）是一个颇有些争议的人物。有些人认为，他是一个辛勤工作的高管，在他的治下，坦赞铁路从谷底回升，有了转机。但是，也有人认为，他的治理延续了坦赞铁路的颓势。更有人认为，他就是坦赞铁路窘境的罪魁祸首。在本书成文过程中，他已经带着种种争议退休。

根据坦赞两国的协议，坦赞铁路局总局长一直由赞比亚人担任，坦桑尼亚人只能担任副总局长。这是个政治问题。如何协调坦赞铁路局的利益与坦、赞两国各自国家利益的关系，就成为坦赞铁路局内部的一大问题。2011年，赞比亚总统换届，原来的反对党"爱国阵线"上台。这使得身为原执政党多党民主运动（MMD）的莱万尼卡处境尴尬。这都加剧了莱万尼卡的困难。

不过，在接受笔者采访的时候，莱万尼卡还是多愿意谈坦赞铁路的未来，而非本人处境。以下记录了他对坦赞铁路未来的看法——

* * *

不少人提到坦赞铁路的时候，首先想到的是她有什么困难和问题，您可能也是如此。但是，我想说，我们更应该看到坦赞铁路的成绩。

我上任后，制定了"2010转型计划"。在过去两三年里，持续恶化的状况已经出现转机，虽然还只是勉强维持下去。我接手前的2008财年，运量仅有38万吨，而现在已有稳步提升：2010财年是53

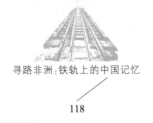

万吨，2011财年升至64万吨。

此外，我们还在执行一系列旨在提升改善运营状况的计划。我们与赞比亚国有铁路实施了对接效率提升项目，使得货物（主要是铜矿）在卡皮里姆波希的转运时间缩短了。

目前，由于运载危险而笨重的货物，坦赞铁路已经超出负荷。这导致发生越来越多的事故、拥堵和高额的维护费用。而且，赞比亚的经营成本非常高，降低了招商引资的吸引力。此外，人力资源是一个瓶颈。

但是，我想说的是，与东南非其他铁路相比，坦赞铁路已经很好了，基础设施更新，更好。

说到底，现在虽然面临很多困难，但是，40多年前，坦、中、赞三国人民修坦赞铁路的时候困难更大。当时都在困难的情况下把铁路修起来，今天我们的困难相比之下不算什么。

事实上，我们常常忽视坦赞铁路仍然存在的坚强而有利的基础。铁路正是坦桑尼亚、赞比亚及邻国经济发展的解决方案。

目前，坦赞铁路最优先需要解决的问题是技术和管理。我们认识到，人才对坦赞铁路来说非常重要，这就是我们为什么希望中国方面多给我们做人力资源培训。

目前，机车是瓶颈，我们至少需要10台以满足需求。此外，还要至少40节客车车厢。一些设备是我们急需的，包括两台130吨级的救援起重机，要不然火车坏了都没法去拖。还有液压起重机、救援设备等。未来，我们希望改善通讯和信号，需要一条全程的光缆线路。

现在，推出对坦赞铁路更全面的解决办法已经非常紧迫了，不能有任何延误。这并不是夸张。现在到了选择坦赞铁路未来的时候了。

现在急切需要的是资本充足基金作为新鲜而充足的股权投资,同时采取前提措施来清除债务和平衡负债表。在过去几次坦赞铁路部长理事会上,已经大体考虑通过私营成分参与的形式来吸引潜在的额外持股者。

这一切的目标是寻求经济资源,支撑必不可少的产能扩张。这些扩张包括机车、货车和客车;厂房的修复和升级;设备和机械;整体的技术现代化;管理人力资源;以及适当的充足。股权资本比贷款更具有经济效率。

整修计划面临着很多挑战。主要是历史责任和债务负担问题。按照已经达成的共识,历史欠账大部分应该由赞比亚和坦桑尼亚政府接管。此外,我们需要修改1995年版的《坦赞铁路法》,以利于战略合作伙伴或其他私营企业参与投资、管理和整体公司治理。(笔者注:2012年6月,在笔者与莱万尼卡的交谈后,《坦赞铁路法》已经得到修改,允许外国投资者进入)

我们认为,坦赞两国政府应当解决几十年来积累的欠社保局、养老基金经理以及税务部门的历史债务。此外,可以考虑"债转股"的方式,把坦赞铁路欠政府的债务和政府代表坦赞铁路所欠债务转换为权益出资,以利于将坦赞铁路局转型为市场化的公司。

我期待中国政府能为坦赞铁路指明方向。长期以来,中国政府和人民为坦赞铁路作出了难以估量的贡献,对此我们非常感谢。中国政府连续3年提供的贷款,使得我们可以向中国公司采购机车等,这将会改善坦赞铁路的状况。我坚信,第14期技术合作将圆满完成。(注:采访时尚未开始第15期技术合作)

我相信,这条铁路也将为中国服务。在修建铁路的时候,西方

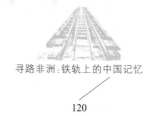

人曾嘲笑我们,说铁路修错了方向,应当向西修,通向欧美,才更接近铜矿市场。现在看来,铁路向东修是有预见性的,因为满足了快速发展的东亚,特别是中国对铜矿石的需求。

我们现在焦急地盼望着,中国政府为坦赞铁路明确指示,将扮演何种角色,这条铁路将走向何方。作为管理方,这虽然不是我们的份内事,而是股东方(坦赞两国政府)的事情,但我们极为关心。我们希望中、坦、赞三国政府能尽早相互沟通协调,让我们管理方知道政府的立场是什么。

* * *

2012年6月,坦桑尼亚与赞比亚政府宣布成立了联合专家委员会,以修改《坦赞铁路法》。这开启了坦赞铁路体制改革,将为引进外资和外国管理层铺平道路。我们应当抓住这个历史机遇。而指引方向的,应当是富有战略远见的决策者。

尾声

关于中国援建坦赞铁路"是否值得",直到现在仍然有争论。有人认为,在中国自己还"勒紧裤腰带"的时代,付出那么多,没有任何直接的经济收益,而且铁路至今已经跟踉跄跄,很不值得。

笔者认为,现在看来,当初援建坦赞铁路,是那个时代的中国外交留给今天的一笔遗产,虽然付出了巨大代价,虽然今天的铁路运营并不良好。"勒紧裤腰带"的援外是特定历史环境下的产物,并不可持续;然而,必须承认,我们今天在非洲仍然吃着坦赞铁路的这碗饭。可以说,坦赞铁路至今仍然在为中国企业"走出去"铺路。坦赞铁路,这个很多人眼中计划经济的产物,如今却正在为中国的市场经济服务。

1971年,中国恢复联合国席位,"把中国抬进联合国"的正是坦桑尼亚、赞比亚这些非洲国家。这为中国打破孤立、实现外交突破奠定了基础。此后40年,非洲一直是我国外交的重要基石,在各

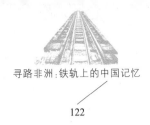

种国际场合支持中国的主张。

坦赞铁路是中国对非工作的"金字招牌"。长期以来,中国在非洲人心目中都拥有比较良好的形象。在修建坦赞铁路的时候,西方媒体曾把它形容为"中国伸向非洲大陆的'吸血管'"。这种论调自然是攻讦;然而,"血管"之说却被一些非洲人认可了,尤其是坦赞铁路沿线民众。他们说,坦赞铁路给他们带来了就业机会与财富,所以说是"血管"。

在政治上,坦赞铁路也曾具有战略价值。她帮助坦桑尼亚和赞比亚成为当时的"前线国家",即非洲人民反抗殖民统治的大本营,为非洲的民族解放运动"输血"。背后,当然也有中国的贡献。

然而,进入20世纪80年代,"血管"似乎变得不那么流畅了。这固然是因为南罗得西亚白人政权瓦解,津巴布韦独立,新南非实现民主,赞比亚的南线通道打开,分流了坦赞铁路货运。但是,不可忽视的一个大背景是,当时中国奉行"韬光养晦"战略,多少忽略了对非洲的工作,对非洲战略经历了调整期。从1986年到2006年,有大约20年时间,中国对非洲缺乏明确的战略,缺乏必要的投入。缺少了中国人的介入,坦赞铁路的管理问题丛生,运营也就每况愈下。

今天,"血管"的含义扩展了。一方面,中国的"输血"继续向贫瘠而饥渴的非洲大陆提供养分;另一方面,非洲腹地的矿产也通过坦赞铁路为中国经济引擎提供"燃料"。在坦赞铁路上,东行的列车将赞比亚的铜运往达市港口,装船驶向中国,以满足中国对铜矿石的庞大进口需求;西行的列车则将整车整车的"中国制造"销往非洲内陆。资源和市场,是非洲对中国经济的意义。

　　坦赞铁路局前任总局长莱万尼卡对笔者说,在修建铁路的时候,西方人曾嘲笑他们,说铁路修错了方向,应当向西修,通向欧美,才更接近铜矿市场。现在看来,铁路向东修、通向印度洋是有预见性的,因为可以直接通向东方,满足了快速发展的东亚,特别是中国对铜矿的需求。这话不无玩笑之意。然而,就算是"歪打正着",也体现了周恩来时代中国外交战略的前瞻性。

　　坦赞铁路为中国经济服务,不仅在运送铜矿石本身,更重要的还是招牌效应。近几年来,中国企业加大"走出去"的步伐,其中非洲是重要目的地,而在非洲的投资往往依赖良好的政治关系。可以说,坦赞铁路作为中国援助非洲的象征,时至今日仍然在为赴非投资兴业的中国企业铺路,为中国商品的行销铺路。

　　除了狭义的经济效用外,坦赞铁路的潜在价值还在战略方面。铁路从东非海岸出发,绵延向西南,直入非洲腹地,接近矿产带。将来,如果坦赞铁路面貌一新,有可能与正在修建的安哥拉本格拉铁路东西相连,成为横穿南部非洲的铁路大动脉,成为正在酝酿中的"南部非洲交通网"的顶梁柱。这将是中国大力参与南部非洲开发的基础,对中国在非洲的经济与外交经营极有裨益。

　　坦桑尼亚和赞比亚,过去的反对殖民主义的"前线国家",如今正在成为中国在非洲布局谋篇的新的"前线"。

　　然而,新的问题也随之产生。如今中国在非洲的形象,已经与当初那个不计成本、无私援助的"老中国"相去甚远;在很多非洲人心目中,"新中国"变成了一个打着算盘追逐利润的经济动物。在中国人看来,这是市场活力的体现,是互利互惠;然而,在非洲人的思维里,中国人是在"拿走"非洲的财富。中国在非洲的良好

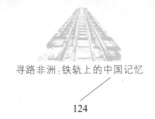

形象虽尚未根本性逆转,但已有恶化的迹象。逐渐老去的坦赞铁路,已经无法承载改善新时代中非关系的重任。

怎么办?显然,一方面,传统的政治援外模式无法适应今天的要求,必须改革创新;另一方面,我们又要从援助非洲的历史中汲取有益的养分,从坦赞铁路的历史中重新发现我们已经失去的东西:从国家层面上对非洲战略的把握,以及在合作过程中对当地人的尊重。这是今天对非洲工作的两个核心。

＊ ＊ ＊

在相声段子《友谊颂》的最后,马季学着非洲人的样子,一遍一遍地挥手高喊:"夸海日里!"在斯瓦西里语中,这是"再见"的意思。这是我的父辈脑海中的经典回忆。

在离开了终点站新卡皮里姆波希,回望着远去的坦赞铁路的时候,笔者也在心里默念,夸海日里,夸海日里。

向后看,不是为了向回走,而是为了更好地向前。

图39　小乘客乔纳森

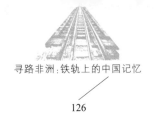
坦赞铁路人物志

他们都是笔者在重走坦赞铁路之旅的路上遇见的人。他们的国籍、肤色、年龄、性别不同,每个人的背后都有一段不同的故事。相同的是,他们的人生命运都与坦赞铁路紧紧相连。

阿卡·莱万尼卡

赞比亚人,约60岁,坦赞铁路局总局长。2009年接任此职。上任以来,坦赞铁路的运量有所回升,但经营困境未得到根本扭转。2011年,他所属的赞比亚多党民主运动在大选中落败,他本人也受到了坦赞铁路赞比亚籍工人的质疑。2013年,他带着种种争议卸任。

杰米·蒙松 (中文名孟洁梅,非洲名"妈妈珍妮")

美国人,女,约55岁,美国斯坦福大学博士,马卡莱斯特学院教授。研究坦赞铁路已有25年。2009年,她出版了《非洲的自由之路》一书,描述了中国怎样与坦、赞并肩把铁路修通,铁路如何改变了沿线人民的生活。她的下一个计划是撰写一部记述坦赞铁路搬运工的书。

苗 忠

中国人,中国援助坦赞铁路技术合作专家组组长。2007年,他来到坦赞铁路工作。他的愿望是做好第15期技术合作工作,为坦赞铁路的未来奠定良好基础。

哈奇韦尔·穆索窝亚

赞比亚人，50多岁，坦赞铁路局企划部部长。曾在中国北方交通大学留学，学习机械工程。目前，他是坦赞铁路高管中为数不多的仍然在职的中国留学生。他说，我们共同的目的是为了坦赞铁路好。

本杰明·柯霍戈

坦桑尼亚人，约45岁，坦赞铁路总部工会主席。1986年加入坦赞铁路。他负责代表工人与"资方"协调，并接受上级工会的指示。他认为"资方"应对坦赞铁路的困境负责，应当补发欠薪和养老金。他说，不到万不得已，不会发动罢工。他强调，工人们希望坦赞铁路成长而非衰落。

约瑟法特·米德罗

坦桑尼亚人，近60岁，坦赞铁路坦桑尼亚分局总工程师。他认为，达累斯萨拉姆港口的吞吐能力已经不断上升，现在需要的是提升坦赞铁路运量。他认为，机车、通信和基础设施是坦赞铁路目前的三大问题。

蒂亚娜·阿比亚

坦桑尼亚人，女，约32岁，达累斯萨拉姆大学博士生。她的博士论文题目是"从坦赞铁路看20世纪六七十年代中国对坦桑尼亚的援助"。但是，由于题目太大、资料难寻，进度一拖再拖。她的愿望是尽快写完论文。

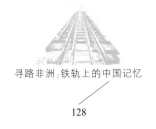
杨凤兰

中国人,女,坦桑尼亚中非商会副会长。曾作为知青下乡,后成为我国第一批斯瓦西里语专业学生。毕业后,被分配到坦赞铁路工地任翻译,在那里结识了后来的丈夫,并用非洲的"非"为女儿起名,以纪念这段非洲情缘。1993年,她再赴坦桑尼亚创业,如今在当地经营中餐馆、榨油厂等。

乔尼亚

坦桑尼亚人,约45岁,坦赞铁路列车员。1988年加入坦赞铁路。他希望中国人能回来给他们做培训。

诺　亚

坦桑尼亚人,57岁,坦赞铁路老员工。1980年加入坦赞铁路,即将退休。他希望中国人能回来管理铁路。

乔治·多纳塔

坦桑尼亚人,58岁,伊法卡拉小学校长。笔者在坦桑尼亚南部地区的向导。他最大的愿望是给他的学校教室装上门窗,这样就不怕刮风下雨了。

弗雷德里克·基班古勒

坦桑尼亚人,约45岁,坦赞铁路曼古拉站工程师。1989年加入坦赞铁路。他目前的愿望是手机信号能好一些,报销多一些;远期的愿望是建立一条贯通坦赞铁路全线的光缆。

马琼萨·恩高古拉

坦桑尼亚人，约30岁，坦赞铁路曼古拉站值班员。曾是木匠，2007年加入坦赞铁路。他目前的愿望是工资能再涨一些；如果铁路的运营者裁员，必须要给他足够的离职费。

哈迪娅·穆斯塔法

坦桑尼亚人，女，约27岁，坦赞铁路曼古拉站扳道员。2010年加入坦赞铁路。她对目前的工作还算满意。

哈吉·基万加

坦桑尼亚人，61岁，部落酋长之子，坦赞铁路老建设工人、老铁路职工。1971年，他放弃了"酋长二代"身份，自愿参加坦赞铁路建设，主要负责开采和粉碎石料。因个子矮小，他被中国师傅"老刘"称作"小鬼"。后留在坦赞铁路任职，主要负责票务，2006年退休。他的愿望是请笔者给当年的中国师傅"老刘"带个口信。

梅尔吉泽德克

坦桑尼亚人，约35岁，芒古拉村村民小组组长。利用铁路做大米和香蕉买卖，以此为主要营生。他希望坦赞铁路能多开行一列车，让他能更及时地送货。

马奎塔

坦桑尼亚人，64岁，坦赞铁路老建设工人、老铁路职工，有基本的汉语会话能力。1971年应征参加坦赞铁路建设，主要负责隧道工程。后留在铁路任职，历任坦赞铁路多个车站站长，2004年退休。

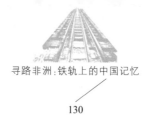

他说他还"有力气，干得动"，如果中国人回来，他愿意继续为铁路出力。

里姆比里

坦桑尼亚人，71岁，坦赞铁路沿线西格纳里村村民。曾目睹中国专家和工人勘测和修建坦赞铁路。后赴达累斯萨拉姆，在中国援建的友谊纺织厂工作。1992年退休后回乡务农。他的愿望是自己的地能多打粮食，养活9个孙子，希望看到中国人回来。

阿尔弗雷德

赞比亚人，58岁，坦赞铁路姆贝亚机修厂车间经理。1982年加入坦赞铁路，本书成书时已退休。他认为，坦赞铁路的困难是可以克服的。

申姝延

韩国人，女，31岁，坦赞铁路乘客。为了一睹维多利亚瀑布美景而乘火车沿坦赞铁路前往赞比亚。她的愿望是用一年时间环游世界。

乔纳森·雷阿

乌干达人，8岁，坦赞铁路小乘客。随父亲前往赞比亚谋生。他的愿望是把自己装进笔者的相机里，这样笔者就能带他去中国玩了。

伯纳德·西蒙塔拉

赞比亚人，48岁，坦赞铁路卡皮里姆波希站站长。1990年加入坦赞铁路。他目前正在自修市场营销。他的愿望是能为坦赞铁路多拉些客户。

斯钱巴

赞比亚人，约30岁，坦赞铁路火车司机，职称是"6级"（共12级）。他希望能开上中国机车，驾驶室空间大些。

那斯罕

赞比亚人，约45岁，卡皮里姆波希出租车司机，在卡皮里姆波希、卢萨卡与铜矿带之间拉生意。他希望铁路运营更好，这样他就能拉更多活，有更多收入。

02

一家中非合资样板
企业的兴衰

在改革开放、建立市场经济的时代，我国对非洲的援外政策也发生了变化，从传统的政治援外，转变为向市场要效益。而援外改革的发起者正是国内经济改革的操刀者——朱镕基。

本篇考察的对象是坦桑尼亚友谊纺织厂。她的历史与坦赞铁路一样久远。在我国建立市场经济的时候，她也经历了市场化改制，成为中非合资企业。然而，这家合资企业饱受亏损困扰。劳资矛盾、政府关系、体制根源都是亏损的罪魁祸首。

目前，这家企业正在寻求复兴之路。而她的存在，本身就是一部研究中国对外援助改革和新时期"走出去"的活教材。

坦桑尼亚中坦友谊纺织厂是我国第一批援助非洲的制造业项目，与坦赞铁路同一时代。冠以"友谊"之名，顾名思义，她是中坦两国友谊的结晶。对外援助市场化改革后，她又作为改革试点，成为我国在非洲设立的第一批合资企业。她见证了中非关系数十载春秋。

然而，时至今日，这家厂子又是怎样一番境况呢？笔者走进非洲，来到坦桑尼亚，深入探访了这家企业，对中坦双方董事、管理干部、工会代表、一线工人和退休职工都进行了广泛采访。

不幸的是，无论是笔者亲见、亲闻还是亲历，都确定无疑地告诉我们，友谊纺织厂虽然有过辉煌，但如今的日子并不好过。

那么，是什么原因造成了友谊纺织厂今天的窘境？为拯救这家被视为中非友谊象征的企业，管理层又做出了哪些努力？这些努力又遇到了什么样的阻碍？政治与市场在其中各自扮演了什么角色？二者又如何错综复杂地交织在一起？

管中窥豹，一叶知秋。友谊纺织厂作为一个案例，映射的是几十年来中国对非洲援助、市场化改革、探索对非洲投资未来之路的故事。作为新中国前30年援助非洲的样板，以及改革

图40　友谊纺织厂印染车间外景，"中坦友谊万岁"标牌

开放后对外援助项目市场化改革的样板，在今天中国大举"走出去"、对非洲投资的时代，这家企业的兴衰，对我国对非洲投资乃至整个"走出去"战略有着什么样的启示和借鉴意义？我们希望在这次并不算长的旅程中，在友谊纺织厂斑驳的历史、杂乱的现实与依稀的未来中寻找答案。

尽管眼下从纯财务角度看，友谊纺织厂是亏损的；但是，只要她能帮助我们回答以上这些问题，为我国今后经营非洲提供参考、借鉴、经验和教训，那么她的价值就不可估量，就是我国对非洲投资的一笔无形的"盈利"。

友谊

　　达累斯萨拉姆(Dar es Salaam)坐落在印度洋西岸的一个小海湾里。它曾是坦桑尼亚首都,迁都后仍是事实上的首都。莫罗戈罗大道(Morogoro Rd.)从市中心向西北方向斜伸,是连接达累斯萨拉姆与新首都多多马的主干道。大道旁,黑人妇女们穿着传统民族服装"康噶"(Khanga,意译为东非花布),或蓝白相间,或花花绿绿。高大的椰子树掩映下,是道路两旁成片的低矮房屋。

　　沿着大道,在距市中心约7千米的地方,眼前的景致忽然不同,道路旁出现了成群的20世纪70年代的中式建筑。青砖瓦,灰色小楼,镂空墙面,仿佛回到从前的中国。这就是友谊纺织厂。这片三层楼高的建筑群是达累斯萨拉姆的地标建筑——只要说出"乌拉非基"(注:"友谊"的斯瓦西里语音译),所有司机都能把你送到目的地。这是中坦两国老一辈领导人的结晶。

　　1965年,坦桑尼亚开国总统尼雷尔访问北京。在商谈坦赞铁路事宜的同时，尼雷尔还请求中国为坦桑尼亚建一家纺织厂。当时，中国外交正在大力开拓非洲。据尼雷尔回忆，时任国家主席刘少奇当即答应了尼雷尔的这个请求。同年，周恩来回访坦桑尼亚，尼雷尔亲自为他披上了一件"康嘎"，象征着两国在纺织业的合作。

在中国的7000多万元无息贷款支持下，纺织厂在达累斯萨拉姆市郊建成。当时，坦桑尼亚方面表示希望用中国领导人的名字为厂子命名，称为"毛泽东纺织厂"或"周恩来纺织厂"，但是被中国领导人婉拒。最后，厂子定名为"友谊纺织厂"（以下简称"友谊纺织厂"），以示中坦两国友谊结晶。1968年，友谊纺织厂投产，主要生产"康嘎"等非洲传统布匹。当年中国领导人曾经形象地把坦赞铁路称作"扁担"，把友谊纺织厂称作"箩筐"。

机修工赛伊迪（Saidi）自称从那时起就一直在厂里工作，亲历了这个老厂的起起伏伏。他还自称在投产典礼上亲耳聆听了周恩来的讲话，说当时他离周总理只有两三米远。为了让笔者相信，他还特地带笔者到了"周总理讲话"的地点——一块写有"中坦友谊万岁"的标语牌下，手舞足蹈地比划着他"看到周总理"是多么兴奋。

事实上，整个1968年，周恩来都忙于应付国内的"文革"乱局、北面的苏联威胁和南面的越南战争，并没有访问坦桑尼亚的纪录，更没有机会亲眼看到投产后的友谊

图41 自称"见过周总理"的机器酋长、印染车间机修工赛伊迪

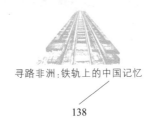

纺织厂。1968年，塞伊迪也只有八九岁，当然也不会真的在场。塞伊迪的这番话只反映了他对周总理的美好想象。这也是非洲人惯用的夸张。

当时坦桑尼亚也在搞"社会主义运动"，厂子自然是国营企业。投产后，厂子由当地人负责运营，中国人提供指导和技术改造，但不参与管理。最初，友谊纺织厂一度效益较好，还曾是坦桑尼亚五大重点国营企业。很长一段时间，她都是中国援助非洲的样板工程。

但是，到了20世纪80年代，友谊纺织厂陷入了困境。截至1992年，友谊纺织厂累计亏损1000多万美元，濒临停产。个中原因复杂，与坦桑尼亚当时经济不景气、推行私有化、廉价纺织品涌入等有关，但根本原因还是当地人管理不善。

前文提到的坦赞铁路沿线村民里姆比里（G. Limbili）当时担任友谊纺织厂印染车间副主任。他就在这时候提前退休回乡。据他回忆，他当初选择在友谊纺织厂工作，就是看到中国师傅帮助管理，使厂子效益很好。但是，后来中国人逐渐走了——这是20世纪80年代中国对非洲战略调整的一个剪影。中国人走后，当地人管理不好，态度"懒惰"，"没有遵循中国人制定的规章制度"。1992年，他看到厂子基本陷入停产，也就回乡了。

1992年，恰好也是中国迈向市场经济的里程碑。在新的内外形势下，传统的政治援外也在酝酿市场化改革。

早在20世纪80年代，中国就在一些非洲国家试点了"债转股"改革，即将对外援助过程中受援国欠中国的债务转化成股份，由中资企业持有，继续参与项目运营。1993年，当时的对外经济贸易合作部部长吴仪在一次讲话中提到，中国正在"借鉴国际上普遍通行有效的援助做法"。1995年，国务院明确规定了外经贸部的任务：将对外援助、经济合作和贸易（后来又加上投资）结合在一起，被称为"经济与贸易战略"。毫无疑问，这是国内的市场化改革在对外政策上的延伸。

　　国内大气候的变化，吹到了远在非洲一隅的友谊纺织厂。时任国务院副总理朱镕基的一次访问，则直接推动了友谊纺织厂的改制。

改制

　　友谊纺织厂的大门正对着莫罗戈罗大道。门前，用英文写着公司全称——"坦桑尼亚—中国合资友谊纺织有限公司"。门房顶上挂着一个蓝色标语牌，上面用黑体字写着两行标语："按市场经济规律办事，用科学管理方法兴厂"。无论是公司目前的名称，还是凸显市场经济的标语，都明显是市场化改革的产物。而改革的发起者，正是推动了国内市场经济改革的朱镕基。

　　1995年7月21日，沉寂三年的友谊纺织厂重新热闹起来。上午10点45分，朱镕基的车队到达。在视察了中国为厂子提供的新设备后，他主动提出要发表讲话。

　　十几年后，翻看当年朱镕基的讲话，笔者仍能感受到字里行间里流露出来的紧迫感："（援助）花了这么多钱，就这样搞不好下去，还如何收场？又如何交代？"

　　朱镕基的方法是搞合资。当时，外国在华建立合资企业方兴未艾，而合资正是朱镕基自认为的得意手笔，朱镕基决定套用。"我们有人说'以夷治华'，现在我们能否来个'以华治坦'呢!"他提出将友谊纺织厂改造为中坦合资企业，关键是"把管理权抓在我们手里"。他还要把友谊纺织

图42　友谊纺织厂正门及标语："按市场经济规律办事，用科学管理方法兴厂"

厂树为对非援助改革的样板，"搞不好，我85个（对非经济援助）企业就找不到'样'"。

当时，江苏省常州市纺织工业局（注：该局自身也经历了改制变动。2002年，该局改制为企业，组建常州纺织国有资产经营有限公司，此后又经历变动。为方便起见，以下统称为"常州股东方"）恰好在帮助友谊纺织厂进行技术改造，其实按照现在的观点就是做"外包"。朱镕基在慰问中方专家的时候，问了一声，"你们从哪里来的?"回答说是江苏常州。朱镕基当即拍板，点名让常州接手友谊纺织厂。这一句话改变了很多人的生活。从此以后，很多常州人的时光都奉献在万里之外的非洲大地。直到今天，常州话仍然是友谊纺织厂里的"官方语言"。

1996年，中坦合资友谊纺织有限公司（英文缩写为FTC，下文按习惯仍称"友谊纺织厂"）开始运转。中方将"讨不回来"的7000多万元无息贷款转为51%股份，由常州股东方派出董事长并任命总经理；坦方持股49%，由财政部派出董事，并由一名坦方人士出任副

总经理。在朱镕基的坚持下,部门一把手和班组长都由中国人担任,雇员主要是坦桑尼亚人。

巴拉扎(Baraza)就是在这样的股权安排下成为友谊纺织厂副总经理。当时,他在隔壁的本土企业乌蓬戈(注:Ubongo音译,译得极传神——今天的乌蓬戈仍然是一大片沙砾上乌黑低矮的棚户区)纺织厂当总经理。1998年,巴拉扎由本土企业的一把手转任合资企业的二把手,一干就是13年。当笔者在办公室见到他时,他已年逾花甲。

就这样,原先的政治工程、国营企业,被改制成市场化经营的合资公司——至少改革者的初衷如此。

中方接手管理,使友谊纺织厂避免了倒闭,存续到了今天。截至2012年,改制后的友谊纺织厂生产布匹超过1亿米,实现销售收入1000多亿坦桑尼亚先令(简称"先令",Tsh,坦桑尼亚官方货币,汇率时常波动,本书以人民币1元兑260先令为基数,下同)。友谊纺织厂出产的花布因质量可靠一直受当地市场青睐,大多数时间供不应求,"Urafiki"的品牌叫得很响,目前在当地市场占有率高于10%。

图43 友谊纺织厂副总经理巴拉扎

以公司主力产品"康噶"为例,市价从2006年的约600先令/米一路涨到2011年的约2300先令/米,此后一直维持高位,仍然不愁销路。

友谊纺织厂也为当地创造了可观的社会效益。十多年来,公司给坦政府上缴税费超过200亿先令，这在贫穷的坦桑尼亚算是缴税大户了。公司付给员工工资及福利超过200亿先令，提供就业最多时约2000人。

友谊纺织厂的发展被中坦高层寄予厚望。坦桑尼亚政要多次高度评价友谊纺织厂是坦中合作的"典范"、"样板"。朱镕基也曾要求把友谊纺织厂办成新时期外经合作的"样板"。当时的领导人李岚清、吴邦国、吴仪、钱其琛等也曾对友谊纺织厂做了不同批示。

然而，友谊纺织厂最大的成绩还不是以上这些有形的资产，而是无形的价值。目前，友谊纺织厂是自1995年实施对外援助市场化改革以来唯一尚存的援非纺织企业。与友谊纺织厂同期建立、同期改制的赞比亚姆隆古希（Mulungushi）纺织厂已经倒闭；笔者前往探访时，厂区大门紧闭，杂草丛生。在同样艰难的情况下，友谊纺织厂一直坚持了下来。

头顶"友谊"之名，历经不同时代，经受内外考验，一直坚持运营到了今天，这是友谊纺织厂最大的成绩；更重要的是，她给我国提供了一个研究中非合资企业和对外援助改革的绝好的样本。仅从这个意义上讲，无论友谊纺织厂的负债有多少，她的存在本身就是一笔巨大的"资产"。

困境

　　进入友谊纺织厂厂区大门，右手边就是车间。在办公室主任张振华的带领下，笔者沿着当年的国家领导人视察路线走了一圈。出现在笔者眼前的，大抵还是当年的情形。

　　纺织分为三大工序：纺纱——将棉花纺成线；织布——将棉线织成布匹；印染——将布匹染上颜色。这也组成了友谊纺织厂的三大车间。

　　笔者从棉花原料入口走进车间。在纺纱车间，成排的机器轰鸣。进入织布车间，轰鸣声更大，以至于笔者几乎听不见身边人说的话。车间里高温高湿，不一会儿，笔者全身浸汗。"车间里很闷热"，这也是朱镕基当年的感受。他也一定观察到，厂里大部分设备还是几十年的老旧机器，因此也在讲话中对一批刚刚到位的1992年产的机器格外上心。

　　然而，十九年过去了，车间里的闷热和纺纱车间落后设备并未得到太大改观。劳动生产率和劳动条件都未有太大改善。

改制后的友谊纺织厂虽然起死回生，但并未扭亏为盈，而是遇到了更大的麻烦。除了改制后第一年实现盈利外，公司此后连年亏损。2007年到2011年，公司每年亏损15亿到25亿先令不等。2011年，公司因棉花（纺织业主要原料）供应不上而停产数月，一度到了停产边缘。2012年，公司继续亏损。十几年来，公司累计亏损已超过200亿先令，按当期汇率计算已超过股本金。根据友谊纺织厂的最新财务报表，公司目前的所有者权益为负数，约为－110亿先令。

资产负债表也很惨淡。财务报表显示，截至2012年底，公司资产约220亿先令，负债271亿先令，负债率高达146%，已经资不抵债。净资产约为－51亿先令，说明这家企业正在负债经营，主要依靠长期贷款（且没有付利息）勉强维持。

根据一家中国国内事务所稍早前的审计，目前公司资产总额约260亿先令，负债约300亿先令，负债率高达115%。

而按照一家当地咨询公司的统计口径，友谊纺织厂扣除折旧后的账面资产约340亿先令。即便按此口径，负债率也很高。

一家产品倍受市场青睐的公司，却连年亏损，负债经营，这是为什么？

正所谓成也萧何、败也萧何。应当承认，市场化的大方向是对的；然而，"外包"的企业接手经营，这家企业此前并没有太多海外经营经验，甚至本身还有待市场化，这样的决策一点也不"市场"。友谊纺织厂一开始就陷入与市场的冲突。

政治考虑与市场化的冲突集中体现在用工政策上。这直接引发了后来长期的劳资纠纷。

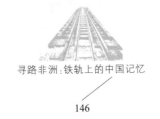
张振华是第一批被常州股东方选派来坦桑尼亚的专家——当时,这要经过政审、考核等一系列程序,择优选派,被选上就意味着政治、组织和业务素质均获得认可,这在那个时代是很大的荣誉。此后,他的人生与坦桑尼亚、与友谊纺织厂紧紧相连。他现在是友谊纺织厂办公室主任,每天要处理上上下下各种事务。多年的非洲经历,让他的肤色已经变得很"非洲"了——站在当地人堆里,可能都无法把他辨认出来。

15年后,在闷热的友谊纺织厂中方宿舍里,他对笔者详细描述了当初的情形:

1996年,常州股东方刚接手厂子,对老工人的情况不熟悉,也还是按照传统的国企方式处理用工问题。假使当初按照市场经济规则,对工人进行选择性录用,那么情况不会是今天这样。但是,由于当时常州股东方自身就是国营企业,坦方也将保留老职工作为合资的一个条件,再加上高层领导反复强调"这是政治任务",因此,改制后的友谊纺织厂对老厂约2000名老工人采取了全盘包下来的政策,享有无限期固定工待遇(类似国内的"职工"编制,享受类似"铁饭碗"的保障)。其中,包括病退人员、年老体弱人员和闹事群体。而原本的用工计划只有1250人。这2000名老工人不仅远超用工计划,成为沉重负担,而且他们本身也成为友谊纺织厂的不稳定因素。

友谊纺织厂运转后,经营也并未完全市场化,而是受到政治的很大掣肘。例如,出于政治目的,坦桑尼亚政府(作为第二大股东)一直强调友谊纺织厂必须是纯粹的生产型企业,阻止友谊纺织厂发展第三产业和混业经营——而这本该是更赚钱的项目。

股东阻止旗下企业赚钱，岂非怪事？答案是政治。坦政府要保持足够的纺织业以消化国内的棉花，又要发展制造业，因此，根本没有把友谊纺织厂当作市场化企业，而是看作服务其政治目的的工具。笔者在坦政府各部门与友谊纺织厂之间的来往信函里，在董事会上坦政府代表的强烈言辞中，可以随处感受到这种掣肘。

另一方面，中国政府的驻外机构——主要是大使馆及其经商代表处——也一直对友谊纺织厂的经营起到重要的作用。虽然友谊纺织厂理论上早已不是中国政府的经济援助项目，但是"血脉"还在。在关键节点上，大使馆总是习惯性地以稳定和"中坦关系大局"为首要出发点，以此为准绳来要求友谊纺织厂。坦方也多少懂得其中的奥妙，知道"有事找中国使馆"的秘诀。例如，在2002年的"5·7事件"中，大使馆的维稳作用体现得尤为明显。下文还将提到这一事件。

应当肯定的是，改制使友谊纺织厂生存了下来，坚持到了今天。然而，这种"半拉子改制"，既非完全的政治工程，又非完全的市场化运营；既没有得到足够的政治支持，又要处处考虑政治；合资后虽然中方控股，但事事都要受坦桑尼亚政府掣肘。改制后的友谊纺织厂从刚一起步就在政治与市场的夹缝中无所适从，为后来的长期困境埋下了伏笔。

技改

友谊纺织厂在改制后，曾有短暂盈利。在盈利时期，坦桑尼亚总统姆卡帕曾亲临友谊纺织厂，发表了热情洋溢的讲话，表达了赞许之情——当然，也正是这次讲话，不期之中为友谊纺织厂后来的窘境埋下伏笔，此为后话，暂且按下不表。

从1998年起，公司又出现了亏损，1999年亏损更加严重。面对亏损，无论是友谊纺织厂管理层、董事会还是双方政府都试图扭亏为盈。

2000年4月的一天，江南的常州天气闷热，让人想到了雨季来临时的坦桑尼亚。常州市纺织工业局党委会召开了一次特别的会议。会上，要在局领导中选拔出一位，赴坦桑尼亚接过友谊纺织厂总经理的重担。显然，无论是非洲的生活条件，还是友谊纺织厂的经营状况，都决定了这是一个苦差事，没人愿意主动认领。

会场的空气异常凝重。长达七八分钟，没有一个人说话。

局长没有办法，只好说："我们必须要去一个人，要挑这个担子；但是谁来挑，只好让上级组织决定。"会议就要在无疾而终中散场了。

"慢一点，"副局长许欢平打破了沉闷，"我也是可以考虑的。"

十几年后，在常州股东方办公室，许欢平是这样回忆当时的想法的。"我们都是那个年代过来的，从小受的教育让我成为了一个有英雄情节的理想主义者。在那种场合，如果按照局长的说法向上汇报，就会让别人说纺织厂平时养尊处优，关键时候没人站出来。"

许欢平站了出来，解决了一大难题。最后，常州股东方选派了副局长许欢平赴友谊纺织厂担任总经理，这一干就是8年。他后来成为友谊纺织厂董事长，很多年的春节都是在遥远的非洲度过。

最初，各方认为，技术落后、设备陈旧、产品档次低、能源消耗大是亏损的主要原因。许欢平到坦桑尼亚后就发现，友谊纺织厂的机器设备已经严重老化，有一次一根螺丝钉坏了，使整条生产线停工了5天。这样，从2000年6月起，友谊纺织厂开始启动了预计总耗资约1亿元人民币的技术升级改造，在友谊纺织厂内部被称为"二期技改"。

"二期技改"承载了友谊纺织厂的希望。对他们来说，"扭亏"不仅是企业经营的正常要求，更是政治任务。

2001年11月28日，友谊纺织厂全体中方员工在总经理许欢平的带领下，面对五星红旗，举行了一场隆重庄严的宣誓："我们都是中华儿女，我们都是炎黄子孙，我们绝不辜负祖国的重托……一定以完全的斗志，从事艰苦的减亏、扭亏工作……排除万难，争取胜利！"10年后，当笔者读到这段"五星红旗下的誓言"时，仍然能嗅

图44　纺纱车间内景：开动中的纺纱设备

图45　纺好的棉线

图46　纺纱车间坦方中层管理干部

图47　纺纱车间使用的中国产机器

到当年的气氛，仿佛他们将要从事的不是技术改造，而是一场战斗。

但是，豪言壮语毕竟不等同于企业效益。现实的阻碍，使"二期技改"虽然取得了一定的成绩，但并未能收获预期的成果。

从"二期技改"的实施情况表中，我们可以看出，在实施过程中，纺纱、织布、印染三大部门的资金投入并不平衡。纺纱和织布的资金投入相比预算都大幅度缩水——划拨给织布的预算2500余万元，实际使用只有3成，原计划中的喷气织机等未落实；而原本划拨给纺纱的3000多万元预算，最后一分钱也没用上。反观印染，预算约2000万元，实际还超支了，更是远超纺纱和织布。

关于资金使用不平衡的影响，我们或许能从那个自称"见过周总理"的机修工塞伊迪那里体会几分。

笔者在印染车间再次见到他时，工厂正是最忙碌的下午。纺纱和织布两个车间机器轰鸣，人头攒动；但偌大的印染车间却静悄悄的，所有机器都闲着，只有几个工人懒懒散散地坐着。

塞伊迪自称"机器酋长"，对机器有发言权。在他看来，"二期技改"提高了印染部门机器的性能，更新了25套（台）机器设备，印染工序速度提高很快，产量提高。问题出在其他两个部门（指纺纱和织布）的机器老旧，速度太慢，产量太低，印染部的新机器只得空等纺纱和织布的旧机器。

笔者现场查看了印染车间机器的出厂日期，发现很多都较新。例如，印花机是2000年产的"1620mm型"和"1850mm型"，还经过了技术改造。而纺纱和织布车间则集中了绝大部分老旧设备。比如，笔者看到的梳棉机是1979年产的"A186H型"，是30多年的老机器了。更有不少机器因过于老旧或已经损坏而闲置不用，如卷染机、

丝光机等。

技术改造后，印染技术大幅度提升，织布却提高有限，纺纱更是裹足不前。现在，纺纱是整个工序的瓶颈，织布也产能有限，而印染产能却放空了。所以，才会出现纺纱和织布车间忙碌、印染车间无事可做的现象。

投入不平衡，与资金不到位有关。当时，技改资金主要由中国进出口银行（简称"口行"）发放贷款。作为第二大股东，坦桑尼亚政府应提供49%的担保。但是，由于政府的低效（这在非洲是普遍现象），担保手续耗费时日。另一方面，中国国内的体制也使得放贷进展极其缓慢。而且，当时正处在国内银行业最为困难的时候，包括口行在内的政策性银行也在政治与市场之间徘徊着求生存，当初恐怕并未料到此后十年"走出去"大潮中政策性银行的大发展。如此种种，致使贷款程序从2000年一直拖到了2003年4月。

2003年4月，北京正是"非典"（SARS）最紧张的时候，到处都人心惶惶。许欢平就在这个节骨眼上从非洲飞到了北京，向口行要贷款。显然，这种"不成功便成仁"的架势触动了相关负责人。如此这般，资金从2003年5月后开始到位。而整个改造一直拖到2007年才完成。

祸不单行。恰巧就在繁冗漫长的走手续、等贷款期间，从2002年起，在美国的宽松货币政策下，全球初级产品价格开始大幅上涨，引发技改所需的中国国内机器设备价格大涨。另一方面，坦桑尼亚政府货币超发，先令不断贬值，使以美元或人民币计价的进口设备不断涨价。此外，从2005年起，人民币汇率开始上浮，这使得国内的设备价格相对坦桑尼亚先令进一步上涨，而技改所需的人民币贷款却在缩水，形成了"剪刀差"。在各种因素的影响下，友谊纺织厂技改资金捉襟见肘，很多项目没有如期竣工，有的更是被砍掉。

"二期技改"中未能采购的机器设备一览

纺部：

FA系列纺纱机10，000锭；

1套清梳并条联合机组；

14台FA 311或FA 421粗梳机；

21套FA506细纱机（480锭）；

3套F1603气流纺纱机；

6套FA261中国造精梳机；

1套FA334并条机；

1套F344倍捻机；

3套赐来福自动络筒机；

5套GA013络筒机；

1台电子清纱机和喷气捻线机的槽筒；

7套FA721-75A捻线机

购买上述所有纺部的机器约需要575万美元或人民币3737.5万元。

织部：

48套意大利的MYTHOS 190喷气织机；

2套GA306-2000双浆槽浆纱机；

2套奥斯卡-费舍尔结经机；

4套G177自动穿经机；

3套GA801-2000验布机；

2套GA841-2000码布折布机；

1套FTD98-63液压打包机；

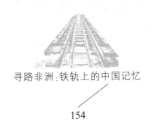

购买上述所有织部的机器约需要276.8万美元或人民币1，799.2万元。

印染车间：

在第二期重大技术改造计划中，印染厂间和公用设施部分基本实行了复兴和技术改造。在该技术改造的过程中，只有下述的机器没有购买：

1套仿蜡印设备；

1套拉毛机。

当然，以上这些都还不是问题关键。真正抵消技术改造成果的，是长期存在的劳资矛盾。

其实，技术改造后，厂子的产能已经提高很多。友谊纺织厂的产量从技改前的约50万米/月上升到技改后的约200万米/月。与此同时，单位产量的能源消耗大幅度下降，技改后的燃油总消耗与技改前大抵相当，但单位消耗下降了数倍。整个厂区的设备、各种配套设施和中方员工宿舍区也得到了改造。

但是，改造后的新设备是规模效益递增型的——也就是说，机器运转的时间越长，固定成本所占比例越低，毛利润越高。这就要求工人们加班。但是，工会和工人中的活动分子利用自身影响力，鼓动工人拒绝加班，怠工乃至罢工。这抵消了新机器的效果。

引进汽轮发电机的失败是一个典型例子。

和许多非洲国家一样，坦桑尼亚电力短缺，经常停电，笔者本人在坦桑尼亚时常遇见。2003年，坦桑尼亚大范围电荒。因此，公司花了1500多万元人民币，以数倍于预算的价格，购置了1500千瓦汽轮发电机组及配套设备，以解决用电问题。然而，这个汽轮机开关机时间很长，需要两三个小时。也就是说，它必须全天24小时工作，才能发挥最大效用，否则光是开机关机就会造成很大浪费。

为了适应新机器，管理层试图改变排班制度，尝试12小时一班、两班倒，给付高额加班工资。为此，中方人员努力了2年。然而，这遭到了友谊纺织厂工会的强烈反对，当时还出现了打条幅和示威。最后，工会另搞一套，仍然按照8小时、单班制作息。工人也越来越多怠工。

当然，工会对此事有另一套说法。在工会看来，为拿高额加班费而加班不值当，因为加班损害了身体健康，还违反了法律。总之，引进汽轮机却没有充分利用，平添了预算外超支。

现在，这台汽轮机已经损坏——在非洲，由于劳动力素质较低，零部件严重依赖进口，设备的折旧高得惊人，东西往往用不了多久就会坏掉。

不仅是汽轮机，整个厂子的机器利用效率都很低。"二期技改"完成以来，纺纱、织布、印染三大车间的机器利用率只有三四成，主要原因就是无法轮班，根子还是劳资矛盾。

由于技术改造花费巨大，已近全厂总资产，改造时向口行进行了大笔借贷。为此，常州股东方抵押了位于常州闹市区的一处房产。最后，由于新机器利用率太低，这笔贷款不仅没有带来预想的效益，反而使公司背上沉重负担。从2007年起，友谊纺织厂就已经还不起贷款利息了。2009年，口行起诉常州股东方，要求法院将抵押房产拍卖，作为不能还款的赔偿。目前，这笔贷款在账面上产生的利息每年超过10亿先令，且随着先令的贬值而不断增加。

正是劳资矛盾，使得技术改造虽然投入大量资金，但实际效果却大打折扣，公司经营反而雪上加霜。

饭碗

那么，友谊纺织厂的劳资矛盾缘何产生？工人为何对轮班制度和高薪加班费制度如此不满？管理层为什么又拿这些"闹事"的老工人没有办法？这一切还得从友谊纺织厂的用工制度说起。

对从合资前的厂子全盘接收下来的老职工，管理层早有裁退他们的意愿。但是，裁退老职工却在政治上、法律上面临着相当大的困难。这主要是坦桑尼亚（以及大部分非洲国家）虽然贫困落后，但法律对劳工的保护却极为严格，对企业主要求则相对苛刻。工会势力非常强大，影响着选票，也就影响着政策。

友谊纺织厂人事部主任苏瓦伊（M. Swai）20多年前曾在中国留学，说得一口流利汉语。笔者与他见面的那天，坦桑尼亚主要反对党民主发展党（Chadema）正在组织游行。这让管理层非常紧张。因为一旦游行游到友谊纺织厂厂区，工人们就可能发起罢工。苏瓦伊一面紧张地盯着他办公室里的黑白小电视，随时注意最新的政治动向，一面向笔者详细介绍了坦桑尼亚劳动法和友谊纺织厂的人事制度。这次多次被打断的对话本身，就是友谊纺织厂紧张劳资关系的体现。

长期以来，友谊纺织厂大部分员工是无合同期限的固定工。在坦桑尼亚，固定工若是偷盗公司财产（这在非洲时有发生），须先教育、警告，再犯甚至三犯后才能开除。最"坑爹"的要数超长休假：固定工每年有126天病假，前63天需要给

图48 说得一口流利汉语的友谊纺织厂人事部主任苏瓦伊

全薪，后63天给半薪。126天过后，还要有工会成员提出此人不适合再工作，才能把这个人裁掉。如果没有被裁，1年过后，假期就又清零。

显然，这种裁员制度对企业来说极为不利。理论上，工人完全可以病休（或者假装"病休"）63天，然后回来上几天班，再"病休"63天，然后上几天班，中间还可以累计旷工4天，接着休年假——根据坦桑尼亚劳动法规定，工作满一年可以休28天。这样算来，每年200多个工作日，可以休息158个工作日而不被解雇。

乍听上去，在坦桑尼亚当工人非常滋润，真是比"铁饭碗"还"铁"。然而，常识告诉我们，如果不工作，就不会创造价值，企业就没有效益，也就无法给工人发工资。事实上，这种过度保护劳方的制度，逼迫企业减少雇工，不利于经济发展，最终也不利于就业。于是，达累斯萨拉姆大街上到处都能看到没有工作闲逛的年轻人。近些年坦桑尼亚的犯罪率也不断上升。企业也竭力避免雇佣固定工，而是以3个月为限

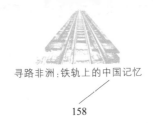

雇佣合同工、临时工,有的工资甚至按天结算。例如,刚刚在坦桑尼亚建厂的同样来自江苏常州的东奥服装公司负责人就对笔者坦陈,他们所有工人都是合同工和临时工,不存在超长病假问题,甚至他们企业都还没有工会。这样,工人的利益反而得不到保障。

2010年7月友谊纺织厂坦桑尼亚籍雇员统计表

部门	固定工	合同工	日付工	临时工	合计
纺部	132	28	75		235
织部	240	99	138		477
印染	79	38	35		152
技术	11	4			15
小计	462	169	248		879
工程	47	24			71
总经理办公室	13	8			21
人力资源部	54	29			83
财务部	5	2		4	11
商业部	25	1		3	29
小计	144	71			215
合计	606	226	248	14	1094

除了"铁饭碗"制度外,"大锅饭"观念也在制约着工人的工作积极性。

在很多非洲人眼里,为了多拿奖金而多干活不值当,"加班"是贬义词,"按劳分配"、"多劳多得"的观念在这里并不深入人心。这是制约很多非洲国家经济发展的观念因素。坦桑尼亚更是情况特殊,曾实行计划经济,干多干少一个样,"大锅饭"观念改起来更为困难。

友谊纺织厂的薪酬基本上是固定的级别工资；对当下国内常见的"绩效奖金"、"业绩提成"等，非洲工人们似乎并不大感冒。以"机器酋长"塞伊迪为例，他目前是中级技术员——这个称谓本身就有浓厚的"国企色彩"——月工资14.3万先令（约合人民币550元）。而这与他干活多少无关。

笔者走访了多位一线工人，发现他们的薪酬基本差不多，大多在每月10万～15万先令之间。全厂员工平均月薪约为12万先令，约合人民币460元。这里需要向读者说明，非洲物价并不便宜，很多东西甚至比国内还贵。想像一下，拿着四五百元的月收入，在北京上海生活，有的工人还要养活一大家子，日子确实很苦。很多工人都在外面找了第二职业。

姆盖亚（Mgeya）是印染车间一线工人。和塞伊迪一样，他也自称是1968年就进厂的老职工。他家里有妻子和4个孩子，一家人每月光是食品支出就30万先令。他的月薪是10万7千先令，女儿经营商店月入大约五六万先令，妻子给一家旅馆帮忙洗衣服，他自己还要兼职做屠宰，月入8万～10万先令。就这么算，日子还是紧巴巴的。

然而，就算生活再苦，工人们也只是抱怨、怠工，并不真正愿意作出努力、砸碎"大锅饭"。巴拉扎坦陈，这与公司员工的年龄结构也有关系。"有些人在这里工作了三四十年，一辈子了，很难指望旧观念在几年里改变。"据统计，公司员工大部分都在50岁以上，临近退休，甚至临近坦桑尼亚平均寿命。笔者在友谊纺织厂采访期间就经历了一位工人去世。

2002年，许欢平领导下的中方管理层急于扭亏，试图砸碎"大

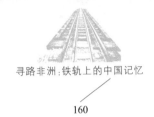

锅饭",引入"底薪+计件提成"的薪酬体系。当时的工资底薪是7万先令,在当地并不算低。但是,在根深蒂固的习惯面前,这并不成功。有一些工人积极响应,但很多老工人不理解,他们觉得干不好最低工资也保不住;工会更是极力反对。

2002年5月7日,当旱季来临的时候,友谊纺织厂的劳资矛盾大规模爆发了。这天,工会策动了针对"底薪+计件提成"制度的罢工,还组织了纠察队,堵住厂区大门,制止希望照常上班的工人进入工厂。有的工人渴望上班,翻墙进入车间,却被工人纠察队拖了出来,打得遍体鳞伤,血肉模糊。局面已近失控。

最后,在中国大使馆的要求下,为了稳定大局,"按劳分配"的薪酬改革叫停。这样,不仅"大锅饭"没能砸碎,劳资关系更是由此急转直下。

马哈尔姆(L. Mahalm)当时是友谊纺织厂的一名工会委员,也参与了那天的罢工。正是靠着激烈反对"底薪+计件提成",他逐渐上位,最后升任友谊纺织厂工会主席,不仅有了"铁饭碗",还有了"金饭碗"——工会主席的职务和工资都由上级工会机关保证。在笔者的采访中,他轻蔑地将"计件工资"称为"piece work",甚至将其归为"虐待劳工"的范畴。

坦桑尼亚过于超前的上层建筑也在制约着对"铁饭碗"、"大锅饭"的改革。坦桑尼亚效仿英国和印度,实行"三权分立"。工会作为选票政治的重要势力,对劳工政策有着重要影响。因此,虽然坦桑尼亚已经迈入市场经济,但吊诡的是,计划经济的观念反而通过"新式的"西方式民主进一步合法化。最终,企业不敢雇人,工资增长也不可持续,造成劳资双输的局面。友谊纺织厂正是这个大背景下的典型案例。

官司

　　说起友谊纺织厂的劳资矛盾，就不能不提到该公司历史上的两起重要事件："1万官司"和"15万官司"。这两场官司，是压在友谊纺织厂身上的两座大山，也是劳资关系紧张的集中体现。背后，反映的是中国企业赴海外投资面临的普遍问题——劳资矛盾，以及对所在国劳动法、文化习惯乃至语言的不适应。

　　"1万官司"，是指工人追索声称公司每月少付给他们的津贴。友谊纺织厂改制后，厂里给工人定的待遇是每月6万先令，"其中含1万先令福利"。1998年，坦桑尼亚总统发表讲话表扬友谊纺织厂，说"每月6万先令的工资为工人们带来了很好的工资和福利"。总统的美言本是莫大的褒奖。然而，工人们抓住了总统讲话分开说"工资和福利"这一细节，以总统提到的6万工资仅是基本工资为由，要求公司"补发"每月1万先令福利津贴。

　　此后，工人们以怠工、抗议乃至罢工的方式，与管理层展开了

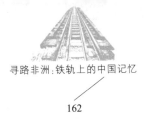

对抗。直到坦政府代表专程到友谊纺织厂召开职工大会后,这场风波才暂告一段落。但是,分歧的种子也就此埋下。

而且,这场风波也并未就此平息。2002年的"工资+计件提成"改革再次引燃了劳资矛盾的火花。2004年,开始有工人追索这笔"1万欠款";2006年,工会正式向当地法院状告管理层"欠他们每月1万先令津贴"。

在法庭上,合同中的模糊语言成为争论焦点。据中方管理层回忆,当时从老厂改制成新厂时,他们给每个员工发了录用通知书,给管理层的是英文版,给工人的是斯瓦西里语版(注:坦桑尼亚官方语言)。合同中写道"工人每月有1万先令补贴,包含在工资里"。但是,根据斯语的语法,又可以理解为不含在工资里。这个漏洞被工会抓住了。

工会方面认为,虽然英语与斯语合同版本存在差异,但二者的法律效力是同等的。根据工会主席的说法,管理层还曾向他们表示,两种语言版本存在差异"没有关系"。这自然也使工会选择有利于己方的斯语版。"如果厂方当年能马上纠正错误,事情也不会闹到像今天这么大。"工会主席马哈尔姆对笔者说。

案件审理几经曲折。法庭最后认为,如果雇主将津贴纳入工资的话,就必须指明其金额是多少;考虑到公司发给管理层的英文版合同中写明了津贴的金额,工人工资不应被理解为包含了津贴;雇主坚持津贴已纳入工资的说法是"胡说和儿戏",是"对于雇员的压迫行为,不符合协议、法律和可接受的程序"。

2008年8月,坦桑尼亚当地法院一审判决管理层败诉,应补发工人每月1万先令津贴,合计15亿先令(约合人民币577万元)。2011年

10月，管理层被迫开始向工人支付这笔钱。但是，在工会看来，"厂方是自食其果"。

一波未平，一波又起。让管理层感到更大压力的，是另一桩涉及约48亿先令（约合人民币1847万）赔偿的"15万官司"。这直接威胁到了现金流——友谊纺织厂生存的命根子。

"15万官司"事起2007年。当年年底，坦政府突然将纺织业的月最低工资由6万先令提高到15万先令，外加6.5万先令津贴。当时，这意味着月收入千元，大大高于当地平均收入水平，也超过纺织企业的承受能力，因此显得很无厘头。在纺织业雇主的抗议声中，政府宣布给予包括友谊纺织厂在内的20家纺织企业豁免令，可以不执行15万最低工资。

不出意外，豁免令遭到了工会的强烈反对。工会以豁免令违法为由，将坦桑尼亚政府和友谊纺织厂联名告上法庭。

与"1万官司"相比，"15万官司"更是充满戏剧性。同样是在2008年8月，坦桑尼亚法院判决政府对友谊纺织厂的豁免令无效。随后，劳资双方在不断的上诉和被诉中互有攻防。笔者采访结束时，此案还在审理中，但基本可以判断管理层将败诉。尽管在2010年4月，坦政府重新将最低工资定为8万先令，但管理层仍要支付2007年底至2010年4月之间的15万先令月工资和6.5万先令津贴。

两场官司败诉，带来巨额赔款，这对连年亏损的友谊纺织厂无疑是雪上加霜。管理层对笔者坦言，这使得企业的资金链承受很大压力，现金流有断裂风险。不过，在工会主席眼里，公司如果停产倒闭是厂方的问题；但是，宁可关门，"厂方欠下的"工资也要给。

然而，虽然工会打赢了两场官司，但因为企业效益不好，工人们

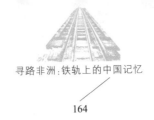
也并没有落到实惠。劳资双方因两场官司而情绪更加对立,生产无法顺利进行,工资自然也一直涨不上去。这是劳资"双输"的局面。

在打赢这两场官司前,友谊纺织厂的前任工会主席已经去世了。在弥留之际,他对前去探望的总经理许欢平袒露了心声。他说,悔不该当初那么和厂方作对,由于两场官司导致厂子经营不好,工人们其实也没拿到好处。正可谓"人之将死,其言也善"。

然而,这样的忠言并没有扭转工人的情绪。新任工会主席马哈尔姆更年轻、更富有"战斗精神"。而且,与他的前任不同,马哈尔姆是合资改制后才加入友谊纺织厂的,完全没有经历过老一辈的中坦友好合作往事,因此与中国人"斗争"起来也完全不谈任何感情。在他的影响下,友谊纺织厂的劳资矛盾还将进一步发酵。

对立

现任工会主席马哈尔姆是一个精瘦的老头。他的眼睛嵌在脸上显得尤为突出，尤其是瞪大了眼睛的时候。说话时，他情绪好激动，手舞足蹈，有几次都把笔者当做他眼中"万恶的厂方"。这是笔者对友谊纺织厂工会领导访谈时的观感。

当他谈及2007年的"15万官司"时，嗓音一下子高了八度。"在坦桑尼亚，没有人，哪怕是总统，可以说你工作了，但我不给你钱。"他激动地比划着，拿起笔者的面包打起了比喻，"如果工人和雇主签订的合同规定，工人拿不到钱，但可以从工厂得到一块面包，那也不错，因为双方都得到了自己想要的东西。但我们的情况比这还糟。我们

图49　友谊纺织厂工会主席马哈尔姆

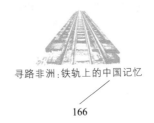
的情况是,有一头奶牛,可以产奶,而雇主却卖了奶牛⋯⋯"笔者虽然没太听懂他的逻辑,但已经读懂了他的情绪。

在许多非洲国家,包括坦桑尼亚,虽然贫困落后,普通人收入很低,但工人并不是如一些人想象的那样"听话"。原因之一是工会势力很强大。

友谊纺织厂工会隶属于坦桑尼亚产业总工会(TUICO),作为其分支,接受其指导。友谊纺织厂工会领导机构共有14人,含主席1名、常设秘书(相当于国内的"秘书长",职权往往很大)1名、工会委员12名。一般来说,所有工人都会自愿加入工会。不加入,则会受到排挤,最后还是要入会。

马哈尔姆1997年成为合资改制后的友谊纺织厂职工。他说,合资改制前,友谊纺织厂老厂虽然有很多问题,但总归是本国的国营企业,工会说话能管些用——虽然他本人其实并未在合资前的老厂待过一天;但是,合资改制后,厂子被"私有化"了,只有中国人说了算,工会被排除出决策圈,双方严重缺乏信息交流。在他眼里,这是所有问题的根结。

2007年,由于"有勇气与中方管理层对抗",马哈尔姆当选为友谊纺织厂新一届工会主席。恰好在那时,国际大环境对友谊纺织厂极端不利:全球粮价、油价、棉价、物价齐头飙升,贫穷落后的坦桑尼亚对此毫无抵御能力。友谊纺织厂先是引进发电机和加班制度失败,又面临高油价和高棉价带来的运营成本上升,扭亏不成反而亏得更厉害。2006年,友谊纺织厂原本打算借"二期技改"盈利近1亿先令,但最终却亏损了7.5亿先令,其中棉花、燃油和汇率三大成本分别增加了2.7亿、3.2亿和2亿先令。2007年,在全球粮食危机、高油价危机和美国次贷危机的轮番冲击下，公司的三大成本飙升，亏损达到雪崩式的25亿先令——总资产的近1/10。

另一方面，工人则由于粮价物价上涨，生活成本增加，给本就贫困的生活雪上加霜，加薪的愿望更为迫切。劳资双方的不满情绪都在累积。马哈尔姆的当选，更是给风头浪尖上的工潮推波助澜。

2007—2008年，劳资对立进入到了一个高潮，矛盾激化、公开化、白热化。而那个无厘头的"15万最低工资令"则直接引爆了火药桶。随后，工人多次发动非法罢工（即没有办理合法手续的罢工），矛头直指中方管理层，甚至打出了"中国人滚出去"的标语。而管理层则多次向两国政府紧急致函求援，担心事态随时失控，甚至已经做出了随时撤回国的准备。一时间，局势极为紧张。

笔者问了马哈尔姆对2007年底、2008年初前后的非法罢工是何看法。这又一次引燃了他的情绪。他尖着嗓子打断笔者，说："在'厂方'眼里，任何罢工都是非法的。"然后，他开始抱怨在友谊纺织厂工作条件是多么恶劣，厂方多么不关心工人健康。不过，他也承认，确实有很多"自发罢工"；他更承认，没有工会的支持，所有罢工都不能成事。

实际上，工会是所有罢工——包括合法的和非法的——的主推者。工会委员有时私下煽动罢工，自己却不出面。管理层也曾找到过工会委员私下组织非法罢工的证据，予以开除。然而，罢工仍然此起彼伏，按下葫芦浮起瓢。

在非洲办成规模的企业，工会是绕不开的。但友谊纺织厂的工会绝对是一朵"奇葩"。笔者在非洲走访过不少工会，有中资企业的，也有当地企业的。这些工会虽然也维权，但与管理层还能正常

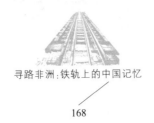

合作，提的要求也会考虑企业经营实际情况。然而，友谊纺织厂工会却摆出一副"宁可我负管理层、不让管理层负我"、"我拿钱后哪管厂子倒闭"的对立架势。在其他企业，哪怕管理层是中国人或与中国相关，对笔者这样的来访者还是非常热情欢迎的；而在友谊纺织厂，笔者感觉与工会领导进行对话都非常困难。这里既有在非洲处理工会关系的普遍性，又有友谊纺织厂的特殊性。如何到了这步田地，值得仔细总结、研究、借鉴。

在翻看友谊纺织厂2010年审计报告的过程中，有一个部分引起了笔者的注意。在这个名为"职工长期预付应收款"的表格中，15名友谊纺织厂职工的名字赫然在列，而右边一列数字则代表着他们从公司预支现金后没有及时归还的欠款。在这15笔欠款中，最高的一笔达到了约3500万坦先令（约合14万人民币），百万坦先令以上的欠款也达到了5笔。尽管尚不清楚职工欠下这些巨额款项的原因，但是，这些长期难以收回的欠款，已经影响到了公司的日常运行。而欠款背后的深层原因，也与劳资矛盾不无关联。

就在友谊纺织厂陷入中非劳资对立的时候，整个中非关系却进入了新的蜜月期。2006年，中非合作论坛峰会在北京举行，这是中非关系史上划时代的大事件。2007年起，中国对非洲的投资大幅度增长，其中一个标志性事件是中非发展基金启动。有趣的是，这多少与中国国内的劳资关系变革有关。2007年起，中国国内低端劳动力的工资开始大幅度上涨，而新的《劳动法》又进一步增加了国内企业的用工成本。中非发展基金的建立，初衷之一就是推动将国内过剩的"成熟行业"——"低端"、"夕阳"的代名词——劳动力密集型产能转移到非洲。

在中非发展基金以及其他政策工具的带动下，中国对非洲的制造业投资也开始增长。其中，不少企业将坦桑尼亚看作机会。例如，同样来自江苏常州的东奥服装有限公司就已经在坦桑尼亚建厂，目前已经开始生产牛仔裤，成为新时期中国在坦桑尼亚制造业投资的一个典型案例。

然而，友谊纺织厂沉疴过重，不仅没有抓住这样的机会，反而在劳资矛盾的泥淖里越陷越深。

2010年以后，友谊纺织厂劳资对立的火药味有所缓解，但并未根本改变。仇恨的种子已经种下，生根发芽，再想拔掉就很难了。

高墙

友谊纺织厂中方大院在厂区隔着马路的对面不远。这是中方管理干部居住生活的地方。每天早上，中巴车载着中方人员去厂区上班；下午下班后，再回到大院。

走进大院，迎面是一个牌坊，垂下一副对联："兰桂吐芳姹紫嫣红华夏儿女绘锦绣　园林荟萃天蓝水碧中坦友谊谱新章"。横批"兰园"是中方人员的家乡常州的一座公园。院里着实如对联所言，花草遍地，芬芳满园。院子里还有个后花园，曲径通幽，里面别有洞天。小桥流水，成群的鲤鱼悠游自得，鸭子嬉戏，一派江南水乡的闲情逸致。若不是偶尔遇见在园子里浇水剪枝的黑人，你可能误以为这是江南的某个私家园林。

园子里的鲤鱼引起了笔者的浓厚兴趣。在非洲，哪里来的那么多中国鲤鱼？原来，这些鲤鱼也是从国内"走出去"的。当年，中方人员从国内带出去了100条鱼苗，给它们喂了安眠药，让它们昏睡过去，然后装在袋子里上了飞机。到了坦桑尼亚，有49条还活着。它们在非洲的水塘里繁衍生息，陪着这些中国人在异乡安了家。

院里是小桥流水的"江南style"，院外是"乌蓬戈"——沙砾上的贫民窟。隔开两个世界的，是铁门与高墙。

大院有两道大铁门。第一道由保安公司守卫，门上面醒目写着"Hatari"（斯瓦西里语"警告"之意）。第二道由友谊纺织厂内部保安负责，在门口也用斯瓦西里文、英文和中文写着"未经批准，不得入内"字样，一条蓝线和一条黄线象征着分界线。大门一般紧闭，只有进出车辆时才打开，平时人只能从门房进出。

围着大院的是两三米高的墙，有的地方还更高一些。墙上装有1米高的电网。夜里，保安每两个小时沿着墙根巡逻一次。内墙装有10来个打卡机，保安每次巡逻须用电棍触碰，以示出勤。

如此严格的安保并非空穴来风。近些年，非洲国家治安普遍不好。坦桑尼亚情况还算稍好，但恶性案件也层出不穷，就在笔者到坦桑尼亚前，还发生了中国民营企业家被当街抢劫枪杀的惨剧。但是，铁门、高墙、电网和保安，固然保护了大院的安全，也隔开了人心。

隔阂从合资伊始就已存在。巴拉扎作为长期与中国人共事的企业高管，对此也颇有微词，说原来公司决策只倚赖中国人，不信任坦方管理人员。"当然，现在这个抱怨正在逐渐停止。"——巴拉扎大概是与中国人共事太久，知道"把责任推给前任"的潜规则。不过，中坦员工之间、管理干部与一线工人之间的隔阂确实长期、普遍地存在。

隔阂体现在很多细节上，比如吃饭。

在采访中，巴拉扎抱怨说，中国人有时候单独在饭桌上制定决策，而坦方管理人员根本不知道，因此产生了很多不愉快。笔者也

图50 在友谊纺织厂食堂吃饭的工人

向他解释，中国人的文化就是在饭桌上解决问题。聊得兴起，笔者提议，今后中坦员工能否一起吃饭？巴拉扎回答说，从没有过一起吃饭，当地人也会狐疑，你们中国人到底吃的是什么东西？

笔者决定，一定要与当地员工一起吃顿饭。在精通中文的人事部主任苏瓦伊的带领下，笔者来到员工食堂。

此时正值午餐时分，食堂里人声鼎沸。看到他们的食堂居然进来了一个黄皮肤中国人，工人们脸上露出了惊奇的神色，有的就像看外星人一样围观笔者。在适应了空气中浓烈的黑人体味、桌上的食物残渣和地上的脏水后，笔者打到了今天的饭："乌咖喱"和豆子汤。

"乌咖喱"是玉米粉和豆面混成的糊糊。食用时，需要用手把又湿又黏的糊糊捏成球形，然后再压出一个凹槽呈勺子状，盛一点豆子汤，送入口中。整餐全是玉米豆面，没有盐味，也没有肉或菜佐餐。

不消说，这种饭食听起来就难以下咽，绝对不合中国人的胃口。笔者凭着走南闯北练出来的胃，忙着和同席工人说话，不知不觉吃光了盘中餐。没想到，这在友谊纺织厂竟然成了一条不大不小的新闻。笔者后来在厂区转悠的时候，还有工人能认出来这就是那个传说中的吃光"乌咖喱"的中国人，问笔者"乌咖喱"好不好吃。有中方管理人员听说笔者居然吃光了"乌咖喱"，非常惊讶，说他们在非洲待了多年都没吃过"黑人饭"，更不用说和员工一起用餐了。

中方人员有自己单独的食堂，在被铁门高墙保卫着的大院里。一走进这里，就好像时空穿越，回到了多年以前的"单位食堂"。不同的是，凡事更有规矩。每个人的碗筷都放在固定位置上。吃饭前，需要领取自己的碗筷，在公用的水池洗碗。有的碗还是搪瓷碗，笔者已经多年未用过。吃饭时，约定俗成地坐在固定的位置。主桌是总经理、办公室主任，然后是总工程师，座位每次也一模一样。食谱也有规律，看吃什么菜就能知道是星期几。整个食堂散发出一股老体制的味道。高墙内的时间也仿佛停滞一般。

中方管理干部的工资也是停滞的。总经理基本工资950美元，其他人500到700美元不等，多年不变。十几年前，这个收入倒还不错；今天，即便加上汇率补贴（友谊纺织厂中方管理干部的工资一直按照1996年的美元汇率发放），这个待遇也无法从人才市场上吸引有能力的新人了。人员都是体制内派遣，有人更是已经在这里待了十几个年头。

张振华回忆，十几年前，大家都是30多岁的小伙子，身强力壮，很有干劲。说这话的时候，笔者注意到他的两鬓和额头的皱纹。"十几年了，其实我们也知道，体制不改不行，走不下去。"

其实，就连常州股东方自身也已经失去了"源头活水"。现在，常州市的产业已经转型升级，从传统的纺织业城市变成了新型的服务业城市。笔者在常州市内，除了小区名称偶尔还能流露出与纺织业有关的信息外，已经看不到很多纺织制造业的痕迹了。常州股东方——常州纺织国有资产经营公司当前的主要职能是处理国企改制历史遗留问题，自身在常州已经没有纺织企业或相关实体资产，也已经没有了纺织专业技术管理人才。倒是友谊纺织厂仍然是常州股东方仅存的纺织企业。人才的上游来源已经丧失了，高墙内的人才

流动难上加难。

高墙内的娱乐也非常简单。每天晚上6点半准时晚饭，雷打不动。吃完饭，所有人都会在大院里散步。散步的路线每天也是固定的，从宿舍楼门口的停车场走到大门，在标识着"未经批准，不得入内"字样的蓝黄线前止步，然后折返。这条蓝黄线不仅隔绝了院外的人，也隔绝了院里的人。

在异乡的封闭环境下，孤独寂寞，思乡之情就像院子里的流水一样，时不时就在梦里回到江南故乡。尤其是过年过节，每逢佳节倍思亲。熟悉了之后，友谊纺织厂的中方管理干部也向笔者吐露心声：神马经营困难、工人闹事、当地政府找茬，统统都是浮云，都算不得什么；最难过的心结就是想家。

在一份"思想政治工作文件"中，对思乡情结是这样描述的：

——"已婚人员占大多数，家庭牵挂较多，后顾之忧不少。"

——"家中突发事件，婚丧嫁娶，意见不一，万里之外，鞭长莫及，此时最易引起情绪变化。"

——"男女比例失调，阴阳不和，造成心理孤独，性格扭曲，行为怪癖。"

老孙是友谊纺织厂的退休干部。当年，正是在他的一双巧手下，原本垃圾遍地的"乌蓬戈"一点点地变成了"江南水乡style"。利用废弃的土方，老孙还在院子里垒起了一座小土山，盖起了一座亭子，起名为"半山亭"——常州的老建筑。看到它，这些常州人仿佛也回到了故乡。

在非洲时想念故乡，回常州后又时不时想念非洲。去过非洲友谊纺织厂的中方管理干部，很多都"患"上了非洲情结。其实，很多人回国后的生活并不如意。有的人因为非洲的各种热带疾病落下了病根甚至终身残疾；有的人因为身在非洲，错过了国内的国企改制大潮，而他们本该是股改的重要既得利益者；还有的人因为长年在外，荒废对子女的教育，乃至恩爱夫妻劳燕分飞。他们也希望找个地方倾诉，而话题总是离不开那个让他们又爱又恨的非洲。

退休后，老孙在常州闹市区的一间闹中取静的车间里建起了一家小会所，名为"非常之乐"——非是非洲的非，常是常州的常。这个名字象征着他们这些常州人与非洲的一段情缘。会所里，摆着从坦桑尼亚带来的乌雕木，DVD机里放着坦桑尼亚歌曲，当然肯定少不了友谊纺织厂自己生产出来的非洲花布"康噶"。这里现在专供已经回国的友谊纺织厂中方员工怀念在非洲的时光，叙叙旧情，也发发牢骚。

十几年来，为凝聚人心，改善友谊纺织厂中方管理干部的业余生活，单位在大院内建起了健身房、棋牌室和游泳池，条件比刚刚合资时已经改善了不少。每个月，全体中方员工会去达累斯萨拉姆的高级餐厅聚餐一到两次。春节时，还会参加中国大使馆组织的联欢活动。这多少对异乡的游子们有个心灵慰藉。

然而，更多的时间里，他们还是日复一日地每天在同样的时间沿着固定路线慢悠悠地散步。这让习惯了国内丰富娱乐生活的笔者一直到离开都还没有习惯。

中方股东是老体制色彩很浓的"单位"，坦方股东是低效的政府，员工是只会吃"大锅饭"的中老年人。中坦之间、上下之间缺乏沟通，也缺乏新鲜血液和新观念。这使得友谊纺织厂前行的步伐显得格外沉重。

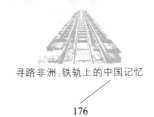

坚冰也有消融的时候。2009年7月29日，公司破天荒地召开了坦方中层干部座谈会，15位经理/主管级坦桑尼亚员工到场。会上，副总经理巴拉扎向中层干部们介绍了公司目前的困境，以及寻求出路的方案。在场的坦方干部感到非常吃惊，说这是高管头一回就棘手敏感问题与他们座谈，也表示非常感谢。这次会议的成功说明，并非没有解决问题的办法。

2010年，吴彬接任总经理后，公司通过给坦方中层干部以激励，由他们自行安排日常生产，"以坦制坦"，超额完成了生产目标。事实证明，"以非治非"，任用当地人，以当地人的方式管理，有时效果反而更好。

停产

2008年，对中国来说注定是不平凡的一年。这年，北京奥运火炬传递到了达累斯萨拉姆。坦桑尼亚人像迎接自己的节日一样，欢迎火炬的到来。尤其是在经历了火炬在西方受窘的一幕后，坦桑尼亚人的热情让很多中国人感动。这无疑将中坦友好推向了新的时期。

2008年8月，奥运会在北京开幕。然而，对万里之外的友谊纺织厂来说，2008年的8月却是非常艰难的时刻。当月，"1万官司"和"15万官司"几乎在同时作出了一审判决，均判友谊纺织厂败诉。两场官司涉及的经济补偿，几乎与友谊纺织厂当时的现金流等同。一旦强制执行，资金链将断裂。友谊纺织厂一下子进入了风雨飘摇的紧张时刻。

9月，友谊纺织厂紧急召开了临时董事会。会上，中坦双方董事都认为，友谊纺织厂没有义务支付新工资方案规定的15万先令最低工资。如果政府要求强制执行，那么只好通过法律程序申请公司关闭。随后，中方管理层形成了"关闭停业、解雇员工、清理资产、全面整

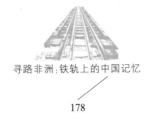

顿后再谋出路"的预案。由此,停产成为了摆在桌面上的选项。

此后,友谊纺织厂又经历了数次停产危机,将公司一次次推向悬崖边缘。而关于停产整顿的一系列往来折冲,集中体现了友谊纺织厂与坦桑尼亚政府之间的矛盾,也体现了友谊纺织厂经济利益与政治目的之间的纠结。

第一次是"坯布危机"。

前文说到,友谊纺织厂的"二期技改"造成了三大车间产能不平衡的状况,纺纱、织布生产速度慢,造成先进的印染产能放空闲置。友谊纺织厂希望进口一些坯布(未经印染着色的纺织半成品),让印染车间转起来。

这原本应当是正常的市场行为。然而,这遭到了坦桑尼亚政府的拒绝。坦桑尼亚将友谊纺织厂更多看作实现自身政治与经济利益的工具。坦桑尼亚工业、贸易与市场部(工贸部)部长娜姑(M. Nagu)坚持:"所有坦桑尼亚农产品在销往国外前,都应该得到加工处理。"为此,她禁止友谊纺织厂从中国或印度进口坯布。因为内部的纺纱与织布车间无法生产足够的坯布,又因为无法从外部进口坯布,在2009年4月到7月间,友谊纺织厂印染车间被迫关闭。

第二次是"污水危机"。

纺织是一个耗水和排污较多的行业。此前,友谊纺织厂的工业废水都是由当地市政部门负责处理。2009年5月,当地自来水公司通知,要求友谊纺织厂今后自行处理工业污水。此后,管理层与当地专家会同商议解决方案,最后找到了一种方法:使用氧菌消化染料。不过,问题在于,要想让细菌存活,需要连续生产,而这是友谊纺织厂劳资关系状况所不能及的。

就在氧菌除污方案实地试验的时候，自来水公司向友谊纺织厂发了一封信函，告知将在不通知的情况下直接切断公司的排污管。这正值两任总经理交接的时候，这次危机也制造了不小的麻烦。由于"污水危机"，原本计划中的牛仔布项目被放弃，而这正是坦桑尼亚政府股东方所期盼的。

非洲国家虽然普遍贫穷，但是环境保护的观念却比较超前，不大能接受"先污染、后治理"的思路。这一点值得我们学习。当然，在实际操作过程中，环保标准的执行或过于粗糙、或直接照搬国外，缺乏与当地对接的可行性。此外，环保、卫生、消防等各种检查，也约定俗成地为负责检查的官员提供大把寻租机会。结果是，效果并不理想——笔者一路上都能看到随处丢弃的垃圾和被污染的水源——企业的经营成本也由于这些寻租行为而上升。

第三次是"棉花危机"。

棉花是纺织业的主要原料。全球气候变化也影响到了坦桑尼亚，干扰了仍然靠天吃饭的棉花种植。例如，笔者在非洲期间，在往年本来应该是"小雨季"，即旱季与雨季之交，然而雨季却提前到来，让笔者措手不及。而在2010、2011年度的雨季，雨水出奇的少。这使得坦桑尼亚的棉花大量减产，当年收购量只有约15万吨，是丰年的一半甚至更低。

此时，坦桑尼亚政府对棉花的调控也出现了问题。不少非洲国家都经历过计划经济占主导的时期，政府调控的传统深厚。这其中有历史因素——非洲独立浪潮兴起时，恰逢东方社会主义阵营蒸蒸日上，势头显得很猛，特别是同样有被殖民历史的中国，其发展模式受到一些非洲国家追捧。也有文化因素——非洲政治文化的"基

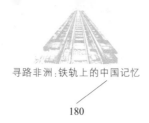

寻路非洲：铁轨上的中国记忆

180

"因"是部落酋长制。在坦桑尼亚建立现代国家后，当地人就把这个新国家当作了"大部落"，把尼雷尔当作了"大酋长"，这是非洲计划经济的文化土壤。当然，其中还有很多复杂的故事，在此按下不表。

然而，"非洲山寨版"的政府调控有很多问题。在实际操作中，政府之手总是在调控过度与调控不力之间徘徊。2011年3月，由于坦桑尼亚政府对棉花采购与储存的调控不力，全国的棉花都出现了短缺。由于收不上棉花，缺了原料，友谊纺织厂再次停产，这次的时间长达4个月之久。直到雨季姗姗结束、新棉收获之时，纺纱轮才重新转了起来。

然而，由于缺乏规模效益——这是由于友谊纺织厂的劳资关系紧张，不能最大限度地利用机器——人员工资和管理费用的占比就比较大，因此友谊纺织厂此时其实已经陷入了"干得越多、亏得越多"的境况。公司复产2个多月以来，生产每前进1米，亏损就增多1寸。在此情况下，坦桑尼亚政府仍然要求友谊纺织厂开足产能，以最大限度消化当年新收获的棉花。但是，友谊纺织厂的产量由于纺纱、织布的掣肘，已经达不到这样的要求了。在此情况下，公司亏损严重，现金流失非常迅速。

"棉花危机"前后织布车间生产情况对比

项目（单位）	2010年9月	2011年9月
产量（万米）	79.0	20
用工数（人）	466	249
人均产量（米/人）	1695	800
病假（总天数）	246	221
运转效率	69%	50%

2011年11月，友谊纺织厂的现金流再次告急。当月，友谊纺织厂开始向工人支付"1万官司"的赔款，共计15亿先令。中方管理层向坦桑尼亚财政部、工贸部和联合控股公司（CHC，相当于坦桑尼亚的"国资委"）面陈，必须再次停产，以保住公司的现金流。不过，坦桑尼亚财政部的股东代表态度坚决，"从政治方面考虑，（停产）不会接受也不能理解"。

同时，友谊纺织厂中方管理层给中国大使馆递交了关于停产的紧急报告。在这份正式文件中，总共用了四处惊叹号，足以表达形势的严峻。在这份报告中，中方管理层未雨绸缪："中方大院随时保证各类生活保障条件的正常完好，如车辆、通讯器材、水泵、电力系统，同时保证燃油、食品、现金等物资的储存供应。"还作了最坏的打算："如果出现极端情况（围攻、打砸抢等），在汇报使馆领导的同时，按照先KK保安处理、后报警的方案逐步应对。视情况许可，能够在大院坚持就留在大院，实在无法在大院坚持时，向使馆领导请示落实其他安全地点过渡后，迅速回国，确保人员的绝对安全。"

不过，到了此时，停产在友谊纺织厂中方管理层眼里，已经不再仅仅是生存的威胁，而更多是"置死地而后生"的复兴机遇了。然而，在如何复兴的问题上，友谊纺织厂中方管理层和坦桑尼亚政府还将有一番较量。这里折射出在海外兴办合资企业、尤其是与东道国政府合资企业的复杂性。

复兴

以上我们已经揭示了友谊纺织厂的四大病根：第一，体制陈旧僵化；第二，劳资矛盾丛生；第三，行业市场风险大，预估和抵御能力弱；第四，产能分配不均衡，纺纱和织布车间的机器老旧。针对这些病根，友谊厂也提出了一些对症下药的方子，目的就是希望公司能够复兴。

事实上，友谊纺织厂一直拥有一个绝好的资产——地段。厂区面积很大，扼守进出达累斯萨拉姆市区的主干道门户，好比是国贸之于北京，地理位置优越，适合做房地产和物流开发。如果能盘活这个资产，友谊纺织厂将有望再次焕发生机。

早在2008年9月，在经历了2007年的雪崩式亏损、2007年底的罢工潮和2008年8月的官司败诉等一连串打击后，公司中方管理层就形成了"调整业态、重谋出路"的思路，将停产看作在十分困难的情况下采取的"以退为进"的战略调整，最终目标是建立全新的劳工制度。

为此，公司形成了三份报告，分别给坦桑尼亚政府、中国政府和董事会。在给坦桑尼亚政府的报告中，即将离任的总经理明确建议，"结束目前的纺织品经营，把100%的纺织品制造业转为100%的服务业（包括房地产、建筑、旅游和国际贸易业等）"。

在给中国政府有关部门的报告中，友谊纺织厂中方管理层提出了四套方案。其中，有两条思路是核心：第一，劳工结构重组——逐步压缩生产规模，减少用工，直至解雇现有职工，然后重新按照市场化的方式招聘劳工；第二，股权结构重组——借鉴中国国企改制的经验，吸纳新的股东加入，并出让一定股份给公司管理层，实行有限责任经营承包。

在最核心的报告《改革与复兴计划》中，中国股东方主张，友谊纺织厂应缩减制造业，减少用工和用地，将资源腾出来发展第三产业，包括房屋租赁、零售贸易、物流等，并通过置换资产来融资。

显然，这份改革方案的原型是国内纺织企业改革的"三部曲"——清退职工、重新招聘；原厂址发展房地产；厂房迁到地价较低的新址。概而言之，就是"腾笼换鸟"。

然而，"腾笼换鸟"的思路并不为坦桑尼亚政府所认可。

2009年2月25日，友谊纺织厂召开董事会，对《改革与复兴计划》进行专题讨论。此前，中方对坦方董事已经做了工作，坦方董事也私下表示，说中方的方案思路很好。在此前的数次董事会上，坦方董事都主张应该尽早停产整顿。

然而，会议开始后，气氛马上就急转直下。坦方董事一反常态，拿出事先准备好的发言稿宣读，全盘否定了中方的改革方案，反对友谊纺织厂停产整顿，反对将纺织业的资产从事第三产业，反对公

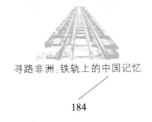
司对其资产进行置换和出售。

在此后的修改中,中方提出了A、B、C三套改革方案:A方案主张,继续向银行贷款,完成被耽搁的"二期技改"项目,以增加纺织产量;B方案是原来的方案;C方案是个折衷,不反对发展第三产业,但禁止利用现有的厂房从事第三产业,仍然要保纺织业产量。在接下来的3月30日再次召开的董事会中,坦方董事的最终意见是实施A+C方案,这令中方感到难以接受。会议在沉闷的气氛中不欢而散。

坦方董事的一反常态显然得到了政府更高层的授意。在3月30日董事会纪要中,有一段话充分体现了坦桑尼亚政府的意图:

告诫:坦方董事在此告诫,管理层和董事会必须注意,FTC不只如同其他私有公司那样,它是一个关系到两国政府利益的公司,也是两国友谊的象征……坦桑尼亚政府从来没有决定全部出售老友谊纺织厂(注:指FTM,当年在与中国合资后坦方仍保留49%股权),因为该公司已经涵盖了政府在经济、社会和政治方面的利益。它必须且始终是一家纺织公司!

第三产业本来是更赚钱的项目。那么,作为股东,坦桑尼亚政府为何阻止旗下企业赚钱?这岂非怪事?

答案是政治。

坦桑尼亚将农业、矿业和旅游业列为三大根本国策,其中农业更是重中之重。棉花是坦桑尼亚的传统主要作物,国内有几十万棉农,还有他们身后的家庭。为了促进棉花种植,坦桑尼亚政府希望纺织制造业多消化国内的棉花。在他们眼里,"自己家的"友谊纺织厂自然得承担这样的政治义务。

在2009年9月,时任坦桑尼亚财政部部长姆库洛(M. Mkulo)访问了常州。在访问中,他明确表示:"友谊纺织厂的改革复兴计划必须着眼于保持开足所有纺织印染生产能力的纺织企业的基础上,以最大限度地支持坦桑尼亚政府促进农业发展的政策。"他指示坦方董事:"坦桑尼亚政府从根本上不愿看到友谊纺织厂关门或降低生产能力。政府希望看到友谊纺织厂兴旺发达并盈利……并成为国内出产棉花的使用加工基地。"

在访问常州期间,有个问题一直让姆库洛很疑惑:同样是中国人的企业,为什么在中国国内的纺织企业就运转高效,而友谊纺织厂为什么就不能这样,相反却面临很多问题?笔者没有当面问过姆库洛,他那一刻脑海中是否闪现过"橘生淮北"的想法?

也正是通过亲身到中国的走访,看到中国在市场经济下的发展,姆库洛本人对政府与市场关系的观念也逐渐改变。在两年后的中国剑麻农场与当地农民的土地纠纷上,姆库洛毫不犹豫地支持了中国农场——这是后话,详见第三篇:《耕耘非洲:坦桑尼亚中国剑麻农场的真实故事》。

在与坦方的各种纠结中,中方越来越感到,友谊纺织厂的根结在于体制陈旧僵化。也恰好在友谊纺织厂中方管理层思考企业出路的时候,有一家国内民营企业Y公司对友谊纺织厂表示了兴趣。以此为由头,友谊纺织厂中方管理层正式提出,寻求资产重组,引入战略投资者,为友谊纺织厂注入源头活水。为此,常州股东方愿意出让一定甚至全部股份,让机制更灵活的民企来盘活友谊纺织厂。

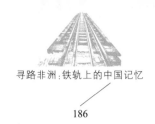

不过，坦桑尼亚政府对是否将**49%**的股份出让一部分还充满疑虑，议事日程很长，重组久拖不决——站在中方的角度，这叫效率低下；站在坦方的角度，这叫慎重考虑。

2011年5月，Y公司提交了《重组计划书》，阐述了其主要思路：以纺织制造业为主，实行多元化经营，将现有厂区进行调整规划，打造成具有纺织、商贸、物流和居住的多功能的首都卫星城。

客观地说，这份重组计划书的核心就是利用友谊纺织厂的地理位置发展房地产，具有浓厚的中国特色。坦方对此很不感冒。笔者也认为，国内的做法在非洲并不一定行得通。

2011年9月，坦桑尼亚联合控股公司（即"国资委"）聘请咨询公司，对友谊纺织厂的资产进行了评估，以便于重组。不过，这份评估报告对友谊纺织厂负债的评估远低于友谊纺织厂中方管理层的说法，低估值达400亿先令。双方争论焦点是应该用当期汇率还是即期汇率计算负债。显然，坦方希望低估负债、高估资产价格，从而在将来的重组中让它的**49%**股份有更高售价。实际上，这也反映坦方对重组的消极拖延。

大概坦桑尼亚人内心深处，还是认为友谊纺织厂是国家的儿子，是尼雷尔的儿子。把自己的儿子卖掉，心里总是不愿意的。

2012年就在这样的拖延之中过去。2013年6月，中国国家审计署对友谊纺织厂的经营情况进行了调查审计。其中，继续就友谊纺织厂资产负债表的不同版本进行调查。与此同时，坦桑尼亚政府一方面仍然维持着其固有的低效，另一方面也在尝试接受新的观念。9月，新一届董事会在常州召开，继续研究改革重组的各项事宜。截至成书时，这个漫长而纠结的重组过程还在继续。

与此同时，友谊纺织厂已经开展了自救行动，而自救的方式还是发展第三产业，利用自有土地从事房屋租赁业务。2013年第三产业创收预计约9亿先令。另一方面，随着越来越多的工人达到退休年龄，或者在职去世，目前公司的员工数量已经降到了400人左右，像前几年那样的罢工潮已经逐渐成为历史。而且，由于工资支出下降，亏损面也降低了。这些都为友谊纺织厂未来的机制改革、资产重组和劳资关系重建奠定了一定基础。

一份友谊纺织厂管理层与坦桑尼亚政府有关部门的会谈记录

时间：2011年11月8日上午10点

地点：坦桑尼亚财政部FTC月支东代表姆塞拉办公室

人员：财政部姆塞拉·马苏迪 女士，

　　　坦桑尼亚联合控股公司（CHC）马罗沙 先生，

　　　友谊纺织厂（FTC）吴彬、巴拉扎、张振华

内容：FTC工作汇报

吴彬：今天很高兴能有机会向FTC坦方股东代表汇报工作。首先通报近期召开的公司临时董事会情况和中方股东对1688万元还款的意见。

财政部姆塞拉：对于1688万元还款，中方股东提出的先还一部分，再通过置换资产还款的要求，我们不能同意。因为公司的资产是中方占51%，坦方占49%，而且我们也不希望通过出售资产的形式还款。建议先把欠款记入账上，等重组后解决。

……

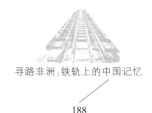

吴彬:希望坦方在11月底报出49%的股权价格。

姆塞拉说:我同意FTC进行重组,引进新的投资者,这样才能注入新的资金复兴公司,感谢中方股东所做的努力。但是,目前坦方还不能决定是否全部或者部分出售49%的坦方股份,只有对新的投资者进行一系列的考评和提交商业计划、资产评估报告、负债情况等工作后,我才能说服政府,做好49%的股份全部或部分转让。但是11月底前完成是不可能的。

......

吴彬:最后汇报公司停产的准备。

姆塞拉:FTC的二起劳动官司,1万的已经解决了,15万的还在法庭进行中,棉花短缺也暂时解决了,1688付款要等重组后解决。所以,现在坦桑政府是想复兴FTC,不会同意关厂的。无论是政府和政治方面考虑,都不会接受也不能理解。另外,根据坦桑的有关规定,从现在开始到重组结束,至少需要6个月以上的时间。

马罗沙:关厂是不能接受的,建议政府尽快组织有关部门对新投资者实地考察。

巴拉扎:通过今天的汇报,双方明确了各自的责任。坦桑的意见是十分明确的,我们管理层回去后会尽快向中方股东汇报。

姆塞拉:(重申)关厂绝对不能接受,具体意见会书面反馈FTC。

会谈于上午11:30结束。

现在,许欢平已经退休,不过"退而不休",仍然担任董事长一职，在常州和非洲之间穿梭，为友谊纺织厂的未来筹谋。总经理吴彬找到了缓和劳资关系的一个门道：组织公司内部足球赛，让天生热爱运动的非洲人有个乐子，也能多少发泄一些过剩精力。办公室主任张振华比以前更忙了，大到资产重组、小到房屋租赁的各项事务都要参与处理，还得负责当翻译。老孙退休后在"非常之乐"会所里接待不同时期友谊纺织厂的老职工，为他们演奏乐器，自得其乐。人事部经理苏瓦伊又来了一次中国，每次来都要对中国的变化惊叹一番，然后再与几十年前的中国或今天的坦桑尼亚作个对比，最后说出他的结论："中国的成功，靠的就是两条，一是努力工作，二是市场经济！"

　　友谊纺织厂的确是一个值得认真研究的个案。她是无数矛盾的

图51　中方管理层与常州市领导在友谊纺织厂印染车间前合影。左起：友谊纺织公司总经理吴彬、时任常州市政协副主席顾森贤、友谊纺织公司董事长许欢平

尾声

集合体：公司与政府，董事会内部中坦双方，政治要求与市场需求，计划经济传统与企业管理规律，纺织与印染脱节……但是，最核心的、也是在中国"走出去"企业中最普遍的，还是劳资矛盾。友谊纺织厂在劳资关系中暴露出的问题，应当被赴非洲投资的中国企业引为借鉴。

"走出去"之后，企业面对的是完全不同的文化环境。例如，非洲人的很多思维方式与中国人很不相同。这就必须在投资前就做好功课。像友谊纺织厂改制那般，由高层点名指定某个企业，在没有做足准备前就贸然上马，甚至连合同中的语言表述都存在漏洞，这就必然为此后的困境埋下伏笔。

面对劳资矛盾，友谊纺织厂管理层虽然作出了种种努力，但是仍难掩失败之处。采用轮班制是一个良好举措，但增加劳动时间则未能尊重非洲人的文化习惯。在海外办企业，不能简单套用国内的加班给付高薪的制度，也不能简单套用"多劳多得"的绩效工资，而是要按照当地人能够接受的方式。此外，企业从一开始就没有做好工会的工作，结果"步步惊心"。

非洲人的工作效率确实无法与国内相比。也有不少人说非洲人"懒散"。但是，解决方法不是像友谊纺织厂那样靠加班，而是要承认工作文化不同，适应它，再想办法改变。在管理上，不仅要"以华治非"，更应当"以非治非"，重用一批当地中层骨干，用非洲人熟悉的方式管理非洲员工，事半功倍。

此外，友谊纺织厂中方管理层与坦方管理层、工会、工人及家属沟通不够，隔阂较深，不能相互理解。这也是赴非中资企业普遍存在的问题。中资企业应当主动走出高墙，打破藩篱，与员工和社区多交流，才能更服非洲的水土。

作为在海外经营的企业，友谊纺织厂的管理者理应具备较深的关于全球经济形势、国际问题与所在国政治的知识。然而，不幸的是，这恰恰是他们的弱点。在友谊纺织厂的各种文件中，只要提到有关汇率、初级产品价格、粮油棉齐涨价、坦政府政策等外部因素，多是反复用"复杂多变、难以预料"形容，言辞间充满了无奈。固然，外界形势变化确实是客观因素；但是，这也说明，友谊纺织厂管理层对外部因素严重缺乏分析预判。显然，这犯了"走出去"企业的大忌。

"走出去"投资，与东道国政府的关系是非常核心的要件。在这方面，友谊纺织厂是一个特殊的个案，在这个案例中，东道国政府本身就是股东，对企业经营行为具有直接的影响力。不过，东道国与投资者关系又具有一定普遍性。大部分海外中资企业，都尝到过与东道国政府打交道的酸甜苦辣。因此，要在"走出去"之前就做

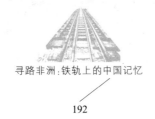

好政治、政府方面的准备功课。

　　总之，友谊纺织厂的兴衰是一部活教材，值得认真学习、总结、研究。在我国企业"走出去"不断扩展、深化的今天，如何在海外、特别是在非洲办好企业，是一个重大而具有普遍性的课题。这是友谊纺织厂对中国最大的贡献。

图52 友谊纺织厂中国专家大院的中方大
院牌坊

图53 园子里小桥流水，别有洞天

图54 每个人的碗筷都放在固定的格子
里。格子以中国的山川名胜命名，
是海外游子思乡之情的一种寄托

图55 中方大院的铁门、高墙和防盗电网

图56 "未经许可 不得入内"

	图 52	
	图 53	
	图 54	
图 56	图 55	

03

耕耘非洲
坦桑尼亚中国剑麻农场的真实故事

进入新时期，在"走出去"大潮下，越来越多的中国企业走上了赴非洲投资之路。

我国人多地少，利用海外土地资源的农业"走出去"是自然而然的投资冲动。然而，这其中有很多是想象的神话。本书的最后一篇以一家位于坦桑尼亚的中资剑麻农场为案例，揭示耕耘非洲的真实故事。

这家中资农场在经历了艰苦创业后，在非洲腹地站稳了脚跟，不过规模还非常小。其中，最值得学习借鉴的是如何用很少的中国人管理好数量庞大的非洲农民。当然，其间也经历了很多酸甜苦辣的故事。

说到非洲，可能很多人脑海中第一个闪现的就是饥饿的黑孩子捧着碗的画面。有一个饱受争议的镜头：一只秃鹫正在难民营里等着啃食饿死儿童的尸体。长期以来，这个大陆给人的印象就是"饥饿"。

　　另一个画面与此截然相反。某位国内企业家声称，"非洲遍地是黄金"，声称已经在非洲农村建立了若干个"保定村"。甚至有政协委员在"两会"时提案，建议把中国农民大规模移民到非洲种地。

　　受到这些神话的影响，笔者在踏上非洲大陆前，也多少带着"拯救地球"（Heal the World）和"到非洲种地"的理想主义初衷。

　　然而，现实并未印证神话。可以负责任地说，笔者在坦桑尼亚与赞比亚调查期间，并未遇到大面积饥荒，更没见过难民营。虽然坦、赞不少民众仍生活在温饱线下，也时有缺粮状况，尤其是坦桑尼亚北部的土著马赛人，但这与很多人的想象完全不同。另一方面，或许确实是笔者孤陋寡闻所致，笔者虽然在坦、赞两国到访过不少中国人聚居地，但并没有找到上述企业家宣称的"保定村"，不少驻当地多年的中国人也不知情。

当然，笔者无意在本书中考证或质疑以上神话的真实性。不过，更多问题摆在我们面前：农业"走出去"在非洲的真实情况如何？在非洲务农，收益是什么，又会面临什么样的困难？怎样在非洲经营一个农场，怎样管理当地工人，如何化解矛盾？"海外圈地"的"战略"有现实可操作性吗？到非洲种地，到底是为了扶贫，为了盈利，还是为了战略？

本书的最后一篇以一家位于坦桑尼亚的中资剑麻农场为案例，揭示到非洲种地的真实故事。

剑麻王国

　　坦桑尼亚是世界上最不发达国家之一，至今仍然较依赖国际援助。很多人生活在国际贫困线以下，勉强糊口。在坦桑尼亚，很多人的温饱还成问题，因此，农业是该国的头等大事。

　　坦桑尼亚与中国关系友好，长期以来有广泛的经济合作。听说在距离坦桑尼亚的经济中心达雷斯萨拉姆320千米的内地，有一处中国人管理的剑麻农场，笔者决定实地探访。

　　一大早，笔者从达雷斯萨拉姆出发，沿着莫罗戈罗大道向西行。此时，已经显露出雨季的端倪。一路上，满眼都是绿色。

　　道路两旁不时闪现村落。有村子的地方就有树，书上结满了椰子、芒果，还有很多笔者也叫不出名字的果子。时不看到有人爬到树上，一颗一颗地敲，树下的小孩子等着去捡。

　　然而，村外的景致有所不同。道路两旁有大面积的荒地。在非洲，所谓"荒地"的概念与国内完全不同。撂荒之后，杂草就会疯长，成片的杂乱的灌木林和荆棘，甚至还有树木。经同车的农业技术人员辨认，这些荒地都是开垦过的，不过已经撂荒。

坦桑尼亚，就像非洲很多地方一样，是物产富饶的宝地。坦桑尼亚全国日照充足，终年高温，有半年都是在雨季中度过。在如此优越的自然条件下，全国可耕地面积达4400万公顷，约占其国土疆域的近一半（47%）。其余部分也并非不适合耕种，而是被划作野生动物保护区了。近来很火的节目《东非野生动物大迁徙》的很多场景就拍摄于坦桑尼亚。

坦桑尼亚拥有种植经济作物得天独厚的土壤。芒果、柑橘、菠萝、香蕉、椰子、木瓜、腰果等水果产量丰富，很多家庭的房前屋后都栽有这些果木。这些水果既可以出售，本身又可以当作食物充饥。

不过，坐拥如此多的土地，有如此好的自然条件，粮食却仍然成问题。目前，坦桑尼亚的粮食在丰年、平年能够勉强自给，遇荒年以及局部地区仍需要粮食援助和进口。农业、制造业和旅游业被坦桑尼亚总统基奎特（J. Kikwete）列为国民经济的三大支柱，其中农业更是优先中的优先。不过，既便如此，农业的发展仍然不尽如人意。饥荒已经是过去式了，但很多老百姓仍然生活在温饱线上下。

粮食产量低，主要原因是土地的开发利用不尽人意。据几年前的统计，坦桑尼亚全国耕地总面积仅为950万公顷，开垦率不足1/4。而且，已经开垦的地也会撂荒或多年休耕。即使是已经耕种的土地，由于人力、资本和技术投入严重不足，单位产量很低。其中，最主要的还是耕作方式落后。据估计，坦桑尼亚全国7成左右的耕地还依靠锄头，2成依靠耕牛，机械化程度极低。耕地面积、牛耕和机耕近

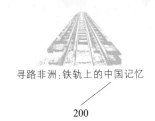
年来有所上升，但开垦率仍然不足，人力仍是主要耕作方式。刀耕火种在这里仍然非常普遍。

笔者是在雨季来临之际到达坦桑尼亚的。坐在飞机上，看到舷窗外到处都是放火的烟尘——放火烧荒的结果。每当雨季来临的时候，各家都用一把大火把自家地里的杂草一烧了之，留下草灰充作肥料。雨季来临，妇女们下地耕作，用粗糙的农具——砍刀、铁锹、有时候甚至就是削尖了的木棒——在地上挖个小洞，把种子随便撒在洞里，用土盖好，就打道回府，不再打理。到了作物成熟时，妇女们背着大口袋，或手拿剪刀剪取稻穗，或用锄头刨出红薯、木薯之类，就算是收获了。像他们的祖祖辈辈一样，这幅图景直到现在都没有太变过。

拥有大自然如此丰厚的馈赠，但却长期挣扎在温饱线上。"守着金山挨饿"，这是非洲的普遍现象。个中原因很复杂，不是一句"懒惰"就能说清楚的。

汽车向西开了3个小时，进入莫罗戈罗省境内，道路两旁的景致渐渐起了变化，开始越来越多地出现一种外表奇特的植物：长长的绿叶状如利剑，尖端伸出一根锐利的刺；二三十片似剑一般的叶子簇在一起，向四方伸展，形似王冠，神似武士——这就是剑麻，形如其名。

剑麻是多年生经济作物，其价值在于它的叶子。一棵剑麻一生寿命约15年，从栽下地算起，第4年开始收割植株下部成熟了的叶片，每年1次，每次割20～30片，一生割10来次，总共大约两三百片。叶子收割后，经过加工，便可得到剑麻纤维。剑麻纤维韧性强，不怕海水侵蚀，耐酸碱，耐摩擦，不易折断，不易打滑，传统上用于航海业,是船缆绳、麻袋、地毡等的原料。近年来,剑麻的用途越来越广泛。例如,高层电梯所用钢丝绳的内芯、不锈钢抛光布等原材料必须用剑麻纤维。

19世纪末,德国将坦桑尼亚纳入自己的殖民帝国。殖民者把剑麻从巴西带到坦桑尼亚。墙内开花墙外香。坦桑尼亚的自然条件比巴西更优越,更适合种植剑麻。

剑麻要求种植在热带季风气候下,温度不低于10度、不高于40度,降雨量不能太少也不能太多。而坦桑符合以上所有条件,因此开始大量种植,由此享有了"剑麻王国"的美誉。

事实上,上百年前,西方殖民者就对非洲的资源做过详尽的研究,并按照自然条件规划物产。例如,有的殖民地只种可可,有的殖民地只种咖啡——这被称作"殖民地单一经济"。坦桑尼亚的"功能"就是为西方人提供纤维——主要是棉花和剑麻。为了从内地向港口输出纤维,德国人修建了坦桑尼亚中央铁路,从港口达累斯萨拉姆伸向内陆,经过莫罗戈罗。铁路运输的便利使莫罗戈罗成了坦桑尼亚的剑麻主产区,可谓"剑麻王国"的"王冠"。

莫罗戈罗适合种剑麻,还缘于这里特殊的土壤。优质剑麻要求土层深厚,太薄不利于保水保肥。还要求土壤不能太"沙",但也不能太过黏厚,否则透气性又不好。而莫罗戈罗恰好都符合以上苛刻的条件:土层厚达1米,是黑黏土土质,但又不至于黏得不透气。总之,全世界的优质剑麻在坦桑尼亚,而坦桑尼亚的优质剑麻又在莫罗戈罗。

坦桑尼亚独立后的一段时期,剑麻纤维年产量一度达到20多万吨,占据国际剑麻市场的1/4。不过,此后的产量一路下跌。产量萎

缩的原因很多,包括尼龙化纤绳大量代替,以及坦桑尼亚政府更强调主粮等。坦桑尼亚曾仿效中国实行计划经济,有不少国营农场。20世纪80年代末开始,坦桑尼亚开始了私有化改革,大量种植剑麻的国营农场被卖给私人——显然,在私有化过程中,金钱与裙带关系起了主导作用。但是,这些私人农场主往往无力投资,很多都将农场当作抵押品,眼见不行就卖掉。大量农田荒芜,剑麻纤维产量继续萎缩。到20世纪90年代末,年产量降到了两三万吨,只有高峰的1/10左右。

中国人就是在这样的大环境下,在坦桑尼亚的莫罗戈罗开办了农场,种起了剑麻。

坦赞铁路与农场

　　过了莫罗戈罗省城，路况开始变差，从水泥路变成渣子路再变成土路，越野车也随着道路上下颠簸。道路两旁，黑孩子们光着上身，满身泥巴，冲笔者的车招手。偶尔还看到身着紫袍的土著民族——马赛人。终于进入了"真正的非洲"。

　　不知道颠簸了多久，可能有两三个小时，眼前忽然豁亮起来。一大片剑麻田边，立着一块牌子：China State Farm（中国农垦）——剑麻农场到了。

　　农场很大，车在里面还开了好久。放眼望去，一排排剑麻整齐排列，如同刀劈斧砍般，好像是列队等待检阅的士兵。

　　不过，13年前，中国人刚到这里的时候，情形远非今天这样。当时这里还是一片荒芜。

　　20世纪90年代，中国农垦集团（下称"中农垦"）开始在非洲投资农场。其中，在赞比亚的中垦农场一直经营了下来，总经理李莉

还成为首届"感动非洲"人物,作为农业"走出去"的先进代表广受宣传赞誉。

1999年,由于看好剑麻的市场前景,又有种植剑麻的技术支撑(中农垦的关联企业在广东、广西和海南等地都有剑麻种植的经验),加上中国进出口银行(下称"口行")的支持,中农垦开始在海外寻找合适的农场,以种植剑麻。而"剑麻王国"坦桑尼亚是首选之地。

汪路生,60岁,剑麻农场总工程师。他是当时第一批前期考察人员。据他回忆,一开始他们看上的是莫罗戈罗省境内另一块农场。那块农场属于穆纳家族,在坦桑尼亚势力很大,在国营农场私有化过程中拥有了很多农场。不过,在谈判过程中,卖方不断提价,提价后又反悔,然后再提价,还只卖薄地。后来,汪路生他们发现,正如前文所说,这块地已经被当作银行的抵押品了。

就在汪路生一行人在郁闷中准备返回的时候,在路上遇见了另一个中国人。这次偶遇促成了如今的剑麻农场。

郝建国,现任坦桑尼亚中非商会会长。当地华人圈公认的"老坦桑",1975年毕业于北京外国语大学斯瓦西里语(坦桑尼亚官方语言)专业。20世纪七八十年代,他在坦桑尼亚工作过10年,都是管理农场。1997年,人多地少的江苏省率先实施"农业走出去"战略。当时在江苏省农委工作的郝建国再次被派到了坦桑尼亚。1999年底,他在莫罗戈罗考察时遇见了汪路生一行人,从此与剑麻农场结了缘。

郝建国听说汪路生他们想买农场,首先想到的就是他的一个熟人——前坦桑尼亚驻法国大使。

同样是在农场私有化大潮中的1987年,这位高官拿到了位于莫罗戈罗省基罗萨(Kilosa)县鲁代瓦(Rudewa)乡的两个农场:基桑盖塔（Kisangeta）和鲁代瓦（Rudewa）。两个农场几乎挨着，总占地约6900公顷（约合10万亩）。但是，无论是交给欧洲农场主，还是自己经营，都一直管理不善，土地闲置、荒芜。到了1999年末，这块地由他儿子经营，6900公顷的地只有100公顷种了点烟叶。他本想将这块地作价125万美元卖给英国人，已经准备签协议了。不料，半路杀出了中国人。最后，他自降5万美元，以120万美元卖给中农垦。

之所以降价也要卖给中国人，有一段很长的故事。20世纪60年代末，随着中国敲定援建坦赞铁路，一些配套的援建项目也开始进行。其中，包括两个水稻农场项目，一个叫鲁伏（Ruvu），靠近坦赞铁路起点站达累斯萨拉姆；另一个叫穆巴拉里（Mubarari），在坦赞铁路姆贝亚段旁边。郝建国和汪路生都分别在两个农场工作过。前农场主作为开国总统尼雷尔时期的高官，很清楚中国人援助坦桑尼亚的这段往事，也看重中国人管理农场的经验，包括郝、汪两个人的经验。正因为中国人援助坦桑尼亚的历史，中农垦才能从英国人手中"截和"。

在非洲，坦赞铁路以及连带的项目是一块"金字招牌"，是无形资产。拿到剑麻农场，仅仅是坦赞铁路这个无形资产的一次小小的变现。

与不少非洲国家一样，坦桑尼亚大部分土地是国有或社区所有（相当于集体所有；在另一些非洲国家，很多土地是酋长或部落所有）。所谓"购买土地"，实际上说"租"更确切，租的是土地经营权和地面建筑。在坦桑尼亚，租期有33年和99年两种。剑麻农场的租期就是99年，每年需要向国家缴纳土地使用税，不过税率低到可以忽略不计。

不过,所谓"移民屯田"的说法与实际相差很大,至少很难做到。

非洲许多国家的土地制度还很含混。例如,在坦桑尼亚,除了土地使用证外,法律还有"事实所有"的规定:一块土地,如果所有者不使用,国家或社区有权收回;如果有当地人在此居住,那么居住几年之后,就构成事实所有,土地就归居住者了。据当地人说,2008年,英国人曾再次来到这里购买农场,但买了之后长期闲置,于是最近就被国家收回了。作为坦桑尼亚的前宗主国,境遇尚且如此,就更不用提中国人了。

因此,在拿到地之后,即使产权明晰,倘若经营不好,仍然有得而复失的可能。总之,在非洲大规模圈地,只是一些人一厢情愿的想法,且不说其中包含的大国沙文主义倾向与"新殖民主义"口实,至少在实际操作层面也并不现实。

以剑麻农场为例,目前6900公顷的总面积只耕种了其中的1381公顷,约占1/5。2011年下半年,时任坦桑尼亚财政部部长姆库洛(M. Mkulo)曾到这里拉选票,就有当地村民声称,中国人"占了地十几年不耕种",要求政府把土地收归国家、分给当地村民。姆库洛当场回绝了这个要求,称赞了中国人的农田管理和中国的发展经验,说收回土地会吓跑中国投资者,不利于坦桑尼亚的经济发展。

虽然这回是财政部长深明大义,支持了中国人,但土地得而复失的风险仍然让剑麻农场的中国人感到担忧。在非洲耕耘了十几年的企业尚且担忧,更不用说只圈地不耕种的想法了。

筚路蓝缕

　　农场坐落在森林中的一片草场。整片草场和剑麻地里，最显眼的就是一棵高大的猴面包树——剑麻王国里的猴面包树。它向天空张开美丽的树冠，掩住了身后成片的剑麻。树下，是两间显得破旧简陋的平房——中方管理人员的宿舍。

　　宿舍后面就是密林。清晨，笔者就被非洲的高温热醒，起床散步，一个人向密林深处走了30米。区区30米，就仿佛到了另一个陌生世界。这个世界的"居民"显然不大欢迎笔者的到访。各种虫子在笔者周围飞来飞去，发出各种奇怪的声音，还不时扑到笔者皮肤上，打在脸上。小蜂鸟们围着笔者飞，在空中发出类似电棒一般的尖利叫声，还有大大小小的牛蝇围着笔者。脚下也是各种动物。蚂蚁的个头非常大，还有一种蚂蚁会飞。据说地上还有蛇出没。虽然笔者并未遇见蛇，但草丛中显然有各种动物出没的声音。那一刻，笔者置身于一个光怪陆离的世界，各种奇异的幻觉。待了没几分钟，

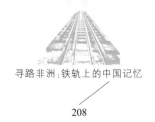

笔者就心虚地撤回到人类的地盘，虽然中间只有区区30米距离。

农场的中国人就是这样每天与非洲的昆虫们相伴。

早上六点，农场总经理管善远就已经起床。做早饭、炒辣椒、洗碗……样样都得自己来。发电也要自己动手。"十几年了，条件一直很艰苦。"管善远说。

七点半，中方管理团队准时乘车去上班，基本上每天都是如此。标准的巡视流程是育苗基地、田地、加工厂（将剑麻叶子刮成纤维）、制绳场、晒麻场和办公室。有时还要检查库房、发电设备和安全保卫。一圈下来，就几近中午了。

"我们基本上没有休息日，即使坦桑尼亚的法定假日我们也是在工作的。"汪路生这样说，"就连大年三十也是在工作中过的。"

2000年3月，汪路生头一回住进了这间宿舍。没有水，没有电，只能靠雨水洗澡。前农场主因经营不善，变卖了很多农场资产，那时的农场可谓一穷二白。就是在这样艰苦的条件下，组建起了剑麻农场中方管理团队，开始了此后十几年如一日的艰苦劳作。

此前，这块土地已荒废了十多年了。非洲的"荒地"与国内的荒地完全是两个概念，所谓的荒地，长满了各种植物。在非洲，光照好，水土好，生命力异常旺盛。撂荒一两个月，就会长满杂草；撂荒1年，就会长满灌木；撂荒3年，树就长出来了。撂荒十几年，即使是熟地，一般人也看不出曾经开垦过的痕迹。

因此，开荒的最大难度就是清理障碍，包括高大的树木、带刺的灌木丛和比人还高的杂草。为了重新开垦，中方工程技术人员带领当地员工，在灌木丛里辛苦劳作了半年之久。砍树、铲草、填坑、平坡，终于在2000年下半年的小雨季来临之前开出第一批土地。当年，他们种下了约100公顷剑麻苗。

然而，就在此时，资金链断了。

此前，口行承诺给剑麻农场提供900万美元贷款。然而，根据郝建国的回忆，在实地看了农场的条件后，口行认为与预想差距过大，此后调整了贷款政策，改为要求中农垦实物抵押。而中农垦当时缺乏抵押物。这样，从2001年起，资金链断了。

剑麻是一株很特别的植物。它的生长要经历一个"幼年期"——种下之后的头3年必须要进行抚育，无法收割。这意味这3年只有耕耘、没有收获。那时，农场正准备续种，但遇上资金链断裂。工资还没有发，只有生活费。到最窘迫的时候，连生活费都要上交，给当地工人发工资，以维持农场运转。郝建国甚至把自己的儿子从国内叫到坦桑尼亚，管理育苗。有一位中方管理者受不了了，中途回国，因为没拿到工资，连回国路费都是借的。

直到今天，郝建国和汪路生在回忆那段辛酸往事时，都不免动情。

在如此困难的情况下，剑麻农场的母公司将赞比亚中垦农场的资金挪到坦桑尼亚，加上口行后来贷出来的50万美元，这才坚持了下来。到2004年，剑麻种植面积达到了1000公顷，并开始收割第一批剑麻。

此后，农场逐渐进入平稳发展期。2008年，农场的剑麻纤维产量达到了约1900万吨，实现了盈亏平衡、略有盈余。2011年，产量达到了高峰的约2600万吨。按照1100美元/吨的价格，毛收入约286万美元。

2006年，中非合作论坛峰会召开，这是中非关系史上的一个转

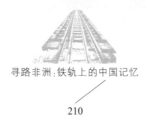
折点。这也影响到了远在非洲内陆的剑麻农场。2007年，为了实施农业"走出去"，剑麻农场被中国农业发展集团（中农发）收购旗下。

同样作为中非合作论坛峰会的一项成果，国家开发银行于2007年出资成立了中非发展基金，其理念是"以市场化运作促进中非互利共赢"。农业是中非发展基金的优先投资领域。2010年，中农发和中非发展基金联合成立了中非农业投资有限公司（中非农投），剑麻农场被收购旗下，成为中非农投坦桑尼亚公司（下文仍按习惯称"剑麻农场"）。

至此，剑麻农场已经脱离了原农垦系统，转变为中非发展基金支持下的市场化的农业走出去企业。农场自身也步入了平稳发展的阶段。

从2004年开始收割剑麻起，农场共产出剑麻纤维1.6万吨，其中一半左右卖回中国，相当于国内24万亩地的产出。另有一部分出口到沙特阿拉伯。这些出口每年为坦桑尼亚创汇100多万美元，这在坦桑尼亚这个最不发达国家算是巨资了。

目前，剑麻农场的估值在坦桑尼亚全国32家剑麻农场里排名三甲。近年来，坦桑尼亚全国剑麻纤维产量每年大约只有2万多吨，而中非农投剑麻农场的产量就占了1/10左右。

在质量上，剑麻农场更是

图57　笔者和比笔者还高好多的剑麻

具有绝对优势。前文说道,莫罗戈罗地区的土壤多为黑黏土,适合剑麻生长。剑麻的质量基本由长度决定。在剑麻界,叶片长度超过3英尺(英制长度单位,1英尺约合0.3米)就是好剑麻了。而在中非农投剑麻农场,叶片长度经常可以超过4英尺,一些竟然能长到5英尺。尤其是在鲁代瓦农场靠近路的地方,剑麻植株非常高。笔者站在剑麻下面,特别有受压迫感。因此,农场出产的剑麻品相非常好。笔者在农场仓库看到,成品有很多被标识为3L级——剑麻中的上品,3L指的是叶子长度超过3英尺。其余的也大多是UG级(中品)。SS级(下品)很少见——而SS级在市场上还比较普遍。

不过,经历了十几年的发展,剑麻农场仍然太小,发展虽然平稳但较慢,其资产规模、营业额与利润都远远不能和其他"走出去"的大企业相比。十几年来,农场累计投资大约700万美元,耕种面积也只有整个农场的1/5左右。

显然,在非洲经营农业不是件容易的事,并不像有些人说的那样一本万利。正如一位中农垦高管(注:总经理助理夏泽胜)在一篇文章(《全面推进中非农业合作正逢其时》)中说的那样,中国在非洲的农业走出去项目存在"效益低、风险大、资金短缺、条件艰苦、项目维系困难等问题,一些正在实施非洲农业项目的企业步履维艰……中非农业合作绝不是一块'好啃的骨头'"。

最难"啃"的部分,当属如何管理非洲当地员工。

6个人管理1000人

一天下午，农场里发生了一起不大不小的争执。

这天是周日。与往常一样，农场的中国人是不休息的，也用高额加班工资雇了些当地人收割剑麻。

下午的时候，一位中方管理者正在巡视财务办公室。这时，两个当地人来到这里。其中一位后来知道是工头，他用英语向这位中方管理者告状，说一些雇工偷工减料，虚报数目。另一位显然就是当事雇工，呜啦呜啦地说着斯瓦西里语，比划着，看样子像是在辩解。

收割剑麻是整个收割加工过程的第一道工序。剑麻长大后，就把叶片一片一片地割下来。习惯上，每30片叶子打成一捆。剑麻叶子相当沉，以笔者的力气，2捆就快要拎不动了。工人们每人每次要背4捆，每天总共要收割上万捆，把它们搬到车上，运到加工厂，等待机器把麻叶刮成纤维。工头负责检查麻叶的数量，统计在册，记录每位工人的工作量。

工头告诉中方管理者，说一些割麻工偷工减料，有的捆里才装了不到15片叶子，却虚报为30片。

这位中方管理者刚刚借调来不久，英语非常蹩脚，听力口语都让人十分着急。当然，当地人的东非口音也确实太过浓重。工头说了好几遍，他也没明白是什么意思。加上当事雇工的比划，围观者的插话，一时办公室里非常热闹。

还是笔者暂时违反了"只围观、不干预"的研究原则，充当了一回翻译，这才让这位中方管理者听明白。他也没有过多分辨谁是谁非，只是让工头把这个情况告诉农场总会计师、坦桑尼亚人米盖托（A. Migeto），由米盖托全权处理。

笔者在剑麻农场采访期间，农场共有6位中方管理者：除了总经理管善远、总工程师汪路生外，还有党委书记、财务总监、机务经理和总经理助理。此外，还有2人在达累斯萨拉姆办事处。当时，正好赶上其中一位中方人员身患疟疾，被迫撤回治疗。笔者也在采访结束后不久疑似感染疟疾。这也反应出农场工作环境的艰苦恶劣。

剑麻是一个劳动密集型行业，雇佣工人从几百人到上千人不等。然而，根据坦桑尼亚法律，外国人作中层以上管理者有人数名额限制。这6名中方管理者，要管理的是1000多名当地员工。显然，要"以坦治坦"，更多要依靠当地管理团队，实行本地化管理。

总会计师米盖托是管理层中的关键人物。他今年64岁，精瘦、干练。在坦桑尼亚尊老的传统文化中，他显然在当地人中享有很高威望。而且，他从1990年起就为这个农场的前主人工作了，对这块土地可以说了如指掌。因此，他在农场里实际担负的职权远比财会

图58　剑麻农场总会计师米盖托

更宽。他对中国人的行为、思维方式也了解颇多。在笔者眼里,他更像是农场里中国人和坦桑尼亚人之间的纽带。

农场还起用了一批当地中层管理干部,包括人事经理、机修主管、大田主管、车间主任和保安队长5人。在他们之下,工头负责协助管理农田、加工厂车间和仓库等,包括4个割麻工头、2个除草工头、2个刮麻工头和2个晒麻工头。此外,还有财务、行政、仓库保管员、机修工、保安、医生和其他业务骨干等,总共100多人。这些人组成了农场的当地管理团队。他们都与农场签订劳动合同,属于正式工。薪酬和待遇都明文写进合同里,主要按固定工资取酬,有一定绩效奖励。

在正式工之外,农场根据季节与供电情况等,雇佣几百到上千不等的临时工。这些临时工部分是当地和附近村民,但多数是被这里的薪资吸引过来的外地人。他们从事收割、搬运、加工(刮麻)、晾晒、抛光、编绳、仓储等一系列体力劳动。他们主要按工作量计酬。这部分人也是流动性最大、最不易管理的。

这些临时工按班组管理,每个班组十几人到几十人不等,由一个工头负责。考勤记录册是管理这些临时工的主要工具之一。粗糙的、有些皱皱巴巴的本子上,记录了每个人的出勤情况。

笔者仔细翻看,发现了三个现象:很多人的缺勤时间往往比上班时间还长；容易扎堆缺勤，即一个人缺勤，名册中与他挨着的几个人也同时缺勤；每周一的缺勤人数往往最多。

显然，非洲人的工作态度与中国人完全不同。米盖托更是直言："我们坦桑尼亚人并不勤劳……简单说，就是懒惰。"

在非洲，直言非洲人"懒惰"显然政治不正确。笔者当时在非洲已经待了一段时间，这根弦绷得很紧，立刻打断他："不能说是懒惰吧，只是工作文化不同啦。"精明的米盖托马上识破了笔者的打哈哈，继续直言不讳地说，当地人的工作态度不仅不能和中国人相比，甚至比不上一些非洲邻国。"他们只想追求简简单单的生活。"言下之意，就是"不思进取"。

紧接着的周一，田里就出现了小规模的"用工荒"。原因是，很多割麻工周日加班，拿到双倍工资。当地人根深蒂固的思维习惯是，只要一拿到稍微大笔的钱，马上就会集体去镇上的酒吧喝酒，于是每周一最容易集体缺勤。

田里收割上来的剑麻，要就近运到农场的加工厂里，由机器把麻叶的大部分剔除，只保留其中的纤维。这道工序被称为"刮麻"。刮麻工的工作态度也不甚积极。刮麻每天的额定工作量是加工11000捆。工作的技术含量很低，就是把麻叶从车上卸到传送带上，匀开，摆齐，然后麻叶就会自动送进机器里，出来就是纤维了。当然，这个工序单调、重复，要忍受刮麻机的轰鸣，体力消耗也很大，尤其是在炎热闷湿的天气下。

负责刮麻的临时工工作一天，只要完成11000捆的额定工作量，就能拿到2600坦桑尼亚先令（简称先令，约260先令合人民币1元）。周六日，日薪为5300先令（约合人民币20元）。如果加工量超过额定

量，还能多劳多得。然而，17名刮麻工只干到下午2点多，就不干了。原因是，他们已经完成了11000捆的额定量。此后，无论有多少麻叶打着捆地等着加工，无论能得到多少额外报酬，他们也不再工作，相约去喝酒了——而就在刚刚接受笔者采访时，他们还指着自己的肚子，手指作点钱状，那意思再明白不过了："挣的钱太少啦，填不饱肚子呀!"

很多非洲人并没有"劳动致富"的思维。他们并没有把工作的努力程度与收入多少联系起来，"多劳多得"在这里还没有被广为接受。这是笔者不仅在剑麻农场，也在非洲很多地方观察后总结出的结论。

在中国人眼里，当地人工作态度消极、散漫，这给管理带来了很大难度。农场中方管理层的做法是让当地人按照当地人的方式管理当地人。就在前文那位发生争执的工头带着肇事工人走后，负责刮麻的工头就来给刮麻工结算了。虽然此时还不到下午3点，远远没到下班时间，然而中方管理者还是按惯例同意收工。

乍看起来，下午2点多就结账收工，似乎是损失了产量；然而，这使得来自中国的剑麻农场很好地适应了非洲的"水土"，减少了矛盾。在友谊纺织厂的案例中，中方管理层推动"两班倒"，不仅没有收到效果，反而遭到工会的抵制，欲速则不达。而剑麻农场的中方管理层顺应了非洲人的文化习惯，虽然表面上牺牲了一些产量，但是收获的是相对和谐的劳资关系。劳资关系能够大体理顺，生产秩序就有保障，产量也就能平稳增长。

管善远强调，最高决策还是中国人说了算，比如雇佣谁、安排在什么岗位。"和他们商量只是尊重和听取他们的意见。"不过，中层干部基本都是本地化,这使得他们能够直接管理当地的基层员工。

米盖托也强调了两点:按法律办事、本地化管理。他认为,正是尊重法律,又有当地管理干部的支持,中方管理层才能以6个人管理上千人,农场才得以稳步发展。

由于认为非洲人"懒惰"、"散漫"、"不好管理",一些赴非中国企业习惯自带"外挂",把成批的中国工人带到非洲,总觉得自己人用起来顺手。然而,这引发了很多矛盾,当地人抱怨中国人抢了他们的工作,占了他们的土地;西方人也趁机做文章。很多非洲国家的法律也对工作签证有明确规定。这就是为什么"大规模移民非洲"的想法并不合实际。

相比之下,剑麻农场提供了一个当地化管理也能平稳运营的案例。

另一方面,在中国人勤奋工作的熏陶下,一些当地员工,尤其是年轻员工,思想也多少受到影响。机修工马嘉里瓦(P. Majaliwa)就是一个典型。

他是鲁代瓦本地人,30岁出头,能讲一口流利的英语。2010年,他被中国驻坦桑尼亚经商代表处选派,赴中国参加了商务部组织的短期培训,成了中国版"海归"。在接受笔者采访时,他仍然对在中国的经历兴奋不已。从中国归来后,他参与主持了对刮麻机的技术改造,降低了10%的用电消耗。他的工作热情真是笔者见过的非洲人中少有的。就在接受笔者采访的当口,他还在工作坊做着零件加工。

正是中国人以身作则的示范,而非硬性的规定,带动了当地人,慢慢弥合了中国人和非洲人在工作态度上的差距。

水土与人和

又一个周末的下午，农场的俱乐部里锣鼓喧天，一场盛大的聚会正在举行。

俱乐部是由旧厂房改建的，有一块沙土地的舞台。农场的中方管理层为了丰富当地员工的业余文化生活，组织了歌舞队、武术队和戏剧社等，此时都派上了用场。

非洲人天生能歌善舞，此时更是展现他们天资的绝佳机会。虽然场地是乡村级别的，到处都透着简陋，然而表演水平却是一流。无伴奏合唱音如天籁；非洲舞蹈激情似火；还有农场员工模仿中国武术，一招一式，有板有眼，还挺像那么回事；小品《帮中国人种地》更是让台下笑成一团。

不过，管善远在欣赏节目的同时，神经却紧绷着。他不停地问懂斯瓦西里语的汪路生，"演员们唱的歌词大意是什么？小品台词说的是什么？不是反对我们的吧？"

管善远，48岁，剑麻农场总经理。他随着"走出去"大潮来到非洲，在南非有6年的农业项目管理经验。在这期间，他积累了与非洲人相处的经验。这些经验对他后来的工作非常有帮助。2008年，他来到剑麻农场担任总经理。他的英语虽然也带有浓厚的中式口音，但是表达和倾听没有障碍。在当地员工的描述中，他是一个善于沟通交流的人。

管善远的担忧并非没有道理。因为这场欢乐聚会的主角，其实是一个"火药桶"。

聚会进行了大约半个多小时，男主角出现了。他是剑麻农场前任人事经理。原来，这场聚会是为他举行的退休典礼。

他的到来，让整个会场气氛为之一振。他向全场高呼口号，与所有中方管理者握手，与管善远寒暄。这个场面怎么也让人想不到，此前他一直与剑麻农场管理层尖锐对立。

事情是这样的：2010年5月的一天，农场的一台地秤不翼而飞。农场中方管理层认为，种种迹象表明，此事与他有关。而且，他本人就是主管安保工作的。农场遂以安保不力为由，将其停职。这位

图60　前任人事经理退休典礼，无伴奏小合唱，音如天籁

图59　剑麻农场总经理管善远

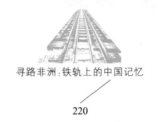

前人事经理不服，以此起诉农场。事情闹得不小，当地媒体也介入报道。由于他个人的影响力，这件事对农场的管理也造成不小影响。

中方管理层决定尽快平息。想出的方法别具一格：办一场隆重的退休典礼，用自然退休的方式结束持续1年多的纠纷，双方都有台阶下，都有面子。

典礼上，前人事经理发表了告别演说，特别感谢了管善远总经理的照顾。最后，前人事经理、所有中方管理者和笔者都被邀请上台跳舞。台上乱舞，台下欢呼，气氛达到了高潮。

讲人情，搞关系，这原本是中国人的特长。并非完全巧合的是，坦桑尼亚以及非洲很多地方也是人情社会，也都有尊老传统。前人事经理与农场的纠纷孰是孰非，本文在这里不去细究；然而，作为一名快要退休的老人，农场怎样对待他，对其他工人乃至当地社区都有示范象征意义。退休典礼虽然是和稀泥的做法，但确实收到了很好的效果。第二天，有好几位农场工人都反馈说，这件事办得漂亮。

"我们到那边去是干什么的？是去增加冲突，还是去增加友谊，促进发展？"这是管善远一直在问自己的问题。"如果是为了增加冲突，那我们就硬对硬；如果是想增加友谊，促进发展，那我们还是要换个思路去处理问题。如果思路改变的话，很多事就要好一些。"

在非洲经营农场，毫无疑问上拥"天时"——优越的光热条件，下拥"地利"——优越的水土条件。最关键的、也是最难的就是营造"人和"了。

前任人事经理退休后，接替他的是罗达（Rhoda Kiwambe），一位年芳27岁的小姑娘。有意思的是，她是一位"根正苗红"的"剑麻二代"——她父亲就在剑麻农场担任仓库保管员，据中方管理人员讲为人忠厚老实。2004年,罗达中学毕业后,作为农场子弟来到农场,担任人事秘书。2010年6月,前人事经理因"地秤事件"被停职,她升任人事助理。当年,她与机修工马嘉里瓦一道赴中国参加了培训。笔者造访农场时,她实际上部分代行人事经理的职权。

她上任后要处理的第一件事情,就是割麻工的怠工。她面露难色,因为好多工人都比她大,"有的都能当我爸爸了"。她自己显然搞不掂这些大叔们,唯一的办法是让工会、当地管理层和中方管理层一起坐下来商量。看上去,她虽然太过年轻,能力有限,没有前人事经理那样的权威,但是似乎还比较善于与人合作。例如,她当着笔者的面,称一同接受采访的工会主席为她的"兄长"。"没有工会的合作,经理们是无法让农场运转起来的。"虽然,这些话显得她胳膊肘有些不知道该往哪边拐。

马尤托(A. Majuto),剑麻农场割麻工。2010年,剑麻农场工会换届选举。因为割麻工常年在200人左右,在各部门中人数最多,而马尤托又是其中年长者,因而也顺理成章地当选为新一届工会主席,任期5年。他的年龄看起来绝对不止罗达的兄长,足够当"大叔"了。

工会在非洲的政治经济生活中扮演着重要角色。在坦桑尼亚,农业的工会领导机构是坦桑尼亚种植业和农业工会(TPAWU)。剑麻农场工会是TPAWU的下属工会,接受其领导。农场所有正式工以及连续工作3个月以上的临时工都自动加入工会。据马尤托介绍,目前工会会员约600~800名,随临时工多寡浮动,占了全农场工人(包括临时工)的多一半。

和许多教育水平不高的坦桑尼亚人一样,马尤托不会说英语

（坦桑尼亚是英国的前殖民地，英语本是坦桑尼亚通用语言）。因此，所有提问实际上是通过桥梁——米盖托做的翻译。不知是翻译的问题，还是马尤托理解能力的问题，马尤托对笔者问题的回答经常逻辑不通，有时甚至驴唇不对马嘴。这在笔者的非洲实地采访中时常遇到。

针对割麻工怠工的问题，米盖托与管善远单独做了一次深谈。米盖托提了三点意见：第一，要增加割麻工的津贴和福利；第二，要及时除草，以改善割麻工的工作环境（杂草会干扰割麻，甚至割破人的皮肤）；第三，有事多咨询坦方经理意见（显然暗指自己），特别是涉及解雇的事情。

坦桑尼亚农业工人的集体最低工资是73450先令/月（约合人民币280元）。剑麻农场的最低工资基本与此持平。例如，作为割麻工，马尤托的月薪约为8万先令。据米盖托介绍，全农场平均月工资约为10万先令（约合人民币380元）。与此相吻合，管善远介绍，农场每月为全体员工支付的工资约为6万美元，还要为员工缴纳社保，此外还提供工作餐、医疗等福利。

一说到工资，马尤托就开始扮演起工会主席的角色，滔滔不绝地向笔者吐槽。他说，他要养一大家子人，每天的花费都要在3000先令左右，每月就是9万先令。这么算下来，他的8万先令的收入是入不敷出了。

确实，在坦桑尼亚，以及在非洲很多地方，就业机会少、收入低、物价高，笔者眼见很多老百姓日子过得很苦，衣衫破烂，家里一贫如洗。一些中国人眼里的"非洲人懒惰"也源于这样的心理：反正日子过得那么苦，收入也不怎么样，为什么还要工作呢？还不如及时行乐，拿了钱就喝酒买醉，过完今天不想明天。

表面看，这是非洲人的价值观与中国人的迥异；但实际上还是社会经济基础的问题——贫穷。虽说非洲大陆是"希望的大陆"，但是贫穷的现实并不会立刻改变。因此，走出去的中资企业首先考虑的还是怎样适应，其次才是怎样改变。

说非洲人"懒惰"，其实也并不确切。笔者切身体会到，非洲人虽然确实有工作消极的一面，但也有吃苦耐劳的另一面。就拿剑麻农场来说，剑麻叶子非常沉，笔者拎两捆就拎不动了，而割麻工人每人都能背四捆，从田间背到垄头装车。2011年，农场剑麻纤维产量2600吨，按照每23吨剑麻产1吨纤维的平均比例，这意味着工人们从地里割了近6万吨剑麻。这些都是靠人拉肩扛的。而且，工作环境也很艰苦：在坦桑尼亚，天气经常炎热闷湿，在这样的天气下，别说是干活，就连走走路都是非常累人的事；剑麻叶子的尖非常锋利，还有各种杂草荆棘，走在田里稍有不慎就会割破腿脚。但是，不少非洲人都能顶着大热天在田里干活。总之，对非洲人的工作态度应该有全面的认识。

非洲的水土——自然条件——确实吸引着中国企业；但是，非洲的人文"水土"往往令中国企业感到不习惯，甚至恶劣。因此，营造"人和"，就是"走出去"之后要做的头等大事。

磨合

汪路生至今忘不了一桩辛酸事：

萨利姆（S. M.）是农场的厨师。2011年春节，因休假逾期不归，他被农场解雇。结果，S.M.向警方报案，说汪路生用枪威胁他——当天恰好是中国农历大年初一，汪路生正在和家人上网聊天，因此这显然是诬告。汪路生就这样被警察局关了一天。据说，得知老汪被关，好多农场工人都哭了。

得知汪路生被关，管善远火速赶回处理。他找到了S.M.的继父、总会计师米盖托、工会主席马尤托，以及村里的长者。当着他们的面，管善远与S.M.展开了一段谈话：

管：我对你们工人好不好？

S.M.：好。

管：我对你好不好？

S.M.：好。

管:非常感谢你的评价。不过，你对我不好。

S.M.：为什么？

管:因为我马上就要失业了，这不是我造成的，而是你造成的。农场是中国的，现在你说汪先生用枪威胁你，说明我没有把枪管好，中国大使馆要追究我（实际上并没有这回事），所以我要失业了。我也有家，有老婆孩子，没有工作我怎么养活他们？

S.M.：……

众长者：管先生对你那么好，你可不能害他呀。

S.M.：……

管:你想不想帮我？

S.M.：想。

管:请大声点，让大家都听见。

S.M.：（大声说）想。

管:好。如果你想帮我，很容易，撤诉就可以了。

在众人的压力下，S.M.同意撤诉。这个事件终于平息了。

13年来，中方管理团队与当地工人之间经历了长时间的磨合。不同的文化，不同的语言，不同的思维习惯，磨合显然不是件容易的事情。前些年，罢工和怠工层出不穷。围绕解雇更是层出纠纷。这几年情况好了很多，罢工虽然还有，但逐渐少了起来。

笔者亲身体验，虽然也能体会到工人对待遇的不满，但是，表达方式总体上说还比较理性。农场的中国人有意识地把"和为贵"的中国文化带到这里，用心去做工会的工作，注重发挥关键人物的沟通作用——例如总会计师米盖托。工会主席给笔者的感觉也并非与资方对立，而是寻求合作。虽然他对中方管理层也有颇多抱怨，

除了工资待遇低外，还抱怨中国人开好几辆车，只给当地员工一辆车。然而，抱怨归抱怨，态度是协商、建设性的，而非对立的。这与友谊纺织厂的工会形成鲜明对比。年轻的代理人事经理罗达也把自己摆在"中间人"的位置上，虽然能力有限，虽然胳膊肘经常不知道向哪边拐，但是她一直在努力促进中方管理层与当地工人之间的沟通。有了矛盾，例如前人事经理与农场的纠纷，能采用举办退休典礼这样的人情方式，既达到了目的，又不伤和气。又比如S.M.与汪路生之间的矛盾，能采取通过当地的社会关系向本人施压的方式，化解矛盾于无形。

笔者采用了让员工给管理者打分的方法，询问每位受访的坦方员工。员工们不约而同地给中方管理层整体打了及格线以上的分数，认为管理是可以令人接受的。在对每个人分别打分时，他们都认为管善远是一位良好的管理者，打出的分数最高。同样不出笔者所料，前文所述那位英语最蹩脚的管理者得到了最低分。

总之，剑麻农场的劳资关系虽然谈不上完美，但是在经过了十几年的磨合后，总体上还比较健康；虽然也有问题，但是也有解决问题的畅通渠道。仅此一点，就值得不少"走出去"企业参考借鉴。

"改变别人不容易，"管善远说，"但我们可以改变自己。改变自己了之后，管理方式就有了不同。"

图61 剑麻农场的工人们正在用剑麻纤维制作绳子

扶贫，盈利，还是战略？

剑麻农场的小故事，折射出中非农业合作的大主题。

2012年7月，就在剑麻农场相邻村子的村委会里，农场与中国农业大学共同承建的"中坦村级减贫学习中心"项目竣工。据报道，在当地村民富有激情的传统歌舞与欢呼声中，中国国务院扶贫办主任范小建与坦桑尼亚莫罗戈罗省生长本德拉（J. Bendera）共同揭幕。

中非农业合作最早可以追溯到1956年中国为埃及提供了一笔象征性的粮食援助。1968年，中国随坦赞铁路一并援建了穆巴拉里和鲁伏两个农场，是那个时代农业对非援助的典型。根据中非合作论坛的数据，截至2009年，中国共为44个非洲国家提供了农业援助项目，建设或运营了近100个农场。

然而，剑麻农场承建减贫学习中心的行为，与过去的扶贫援助已经有了本质区别——这已经不是纯政治性的援助，而更多是市场化公司的"企业社会责任"（CSR）。

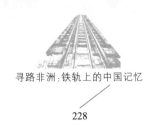

从1995年中国进行对外援助改革以来，非洲的项目就强调市场化运作，包括剑麻农场这样的农业项目。然而，原有的对外援助仍然继续进行。如此一来，中国的对外援助和对外投资就很容易被混同。例如，口行原先承诺给剑麻农场的900万美元贷款，就是援外项目的贴息贷款。项目在对外援助的盘子里，但是全部资金其实都给了中国人。按照西方标准（例如OECD的官方援助定义），这笔资金根本不算是"援助"，而是支持投资的行为。

从"援助"到"投资"，这个转变不太容易，无论是对中国人、非洲人还是西方人。"双赢互利"的说法至今没有得到所有非洲人的认可。一些西方人更是添油加醋，说中国以援外之名，行私利之实。剑麻农场的中国人却在抱怨得到的利益太少，说上边"只想着盈利，赚多少钱，不考虑长远"。与此同时，国内的"意见领袖"和网民的批评与西方人的指责正好相反："政府拿着'我们的钱'去援助'非洲灾民'。"时至今日，中国对非洲的援助已经到了四处不落好的地步，必须下决心使其进一步公开透明了。

在非洲投资农业项目，还是一项战略行为。中国人多地少，水资源分布不平衡，需要利用海外的土地与水资源。特别是自2002年中国正式提出"走出去"战略以来，中国企业到海外投资农业一直受到鼓励——至少是文件上的鼓励。2007年，国家发改委的《境外投资产业指导政策》开始明确鼓励中国企业到海外种植橡胶、棕榈和棉花。2006年和2011年，农业部和国家开发银行两度签署《规划合作备忘录》，支持农业"走出去"。商务部、财政部和中国进出口银行也各自有支持农业"走出去"的规划。部委之间有一些农业"走出去"部际联席机制，例如商务部与农业部之间。很多地方政府也有相应的规划，特别是人多地少的省份（如江苏）和传统农垦大省（如黑龙江）。一些大型国有企业（如中粮）也有自身的公司战略。

然而，直到目前，虽然正在酝酿，但还没有形成国家层面的关于农业"走出去"的整体战略与统筹机制。此外，文件里的战略与实地情况往往有很大出入。

剑麻农场也有自己的公司战略。中非农投总经理赵玉勤介绍，公司很看好剑麻行业的前景，准备扩张在坦桑尼亚的剑麻产能，其中包括在坦噶（Tanga）准备再建一个剑麻农场。他认为，剑麻的经济价值仅次于橡胶和棕榈油，排名第三——而橡胶和棕榈油都进入了发改委的优先支持名录。根据规划，到2020年，中非农投剑麻项目总资产要达到8亿元人民币，年产剑麻纤维3万吨，年产值3亿元，年利润3600万元，拥有土地10万公顷，当地雇员10000人，还要收购一个加工厂……最后一条愿景是"中方驻地环境优美"。

然而，战略很丰满，现实很骨感。目前，农场账面资产为4000万元，年产剑麻纤维约2500万吨，年产值大约2000万元，年利润240万元，拥有土地6900公顷（其中只耕种了1381公顷），当地雇员1000人上下。所有数据离目标值都还差了10倍以上。现有的加工厂，机器用的还是1949年产的克虏伯刮麻机，非常老旧，零件全是东拼西凑的，农场下了很大力气才改造好。机器开动起来，噪音非常大，满地的废水横流。最后，这两间颇显简陋的宿舍也离"环境优美"有一定距离。而坦方工人的宿舍更是简陋，虽然解决了用水，但至今还没有通上电。

据笔者所知，这不仅是剑麻农场的现状，也是很多农业"走出去"企业在非洲的真实写照。

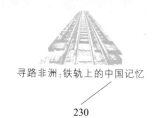

在访谈中，受访者一直强调农业与剑麻的战略属性。他们抱怨说，国家虽然鼓励农业"走出去"，但是在基层基本感受不到实惠。言谈间，流露出这样的意思：在非洲搞农业，见效慢，风险高，其实是不赚钱的；没有政策的实惠，单凭企业一己之力，很难有动力在非洲做好农业。

郝建国则直言，国有体制缺乏灵活性，一些国企对海外项目的资金处置权卡得过死，放权不够，不利于企业发展。此外，剑麻农场还缺乏高附加值深加工。

更关键的问题摆在更高决策者面前：农业"走出去"到底为了什么？是为了扶贫援助，树立中国的国际形象？还是为了战略，弥补中国耕地少、水资源少的困局？还是为了企业的盈利？

此外，"走出去"的企业如何适应非洲的"水土"？如何处理非洲的土地问题？如何把数量庞大、却习惯自由散漫的当地农民组织起来，而不激起反对？如何化解劳资矛盾？如何履行企业社会责任（CSR），与当地社区搞好关系？

显然，本文的篇幅还无法回应这些宏大主题。不过，我们可以通过剑麻农场的案例"解剖麻雀"。不谋全局者，不足谋一隅。剑麻农场的未来，与国家战略息息相关。而剑麻农场在营造"人和"方面的经验，也值得其他在非洲投资的中国企业参考借鉴。

尾声

剑麻农场的故事还在继续。

2013年3月，国家主席习近平访问坦桑尼亚，提出了"非洲梦"。4月，财政部委托中企华资产评估公司对6家非洲的"走出去"企业进行了考察，其中就有剑麻农场。农场终于也有了新的刮麻机。农场还购买了新的推土机，以后开垦荒地就不用人工了。

郝建国已经离开了耕耘数载的剑麻农场，已于2010年正式离职。他在达累斯萨拉姆郊区一幢漂亮的小别墅里安了家。现在，他是坦桑尼亚中非商会会长，更多精力放在组织商会上，引导后来的中国人在坦桑尼亚投资。

管善远迎来了本命年，升任剑麻农场母公司中非农投的副总经理，同时继续兼任剑麻农场总经理，在北京和坦桑尼亚之间来回奔波。

汪路生升任剑麻农场常务副总经理，负责农场日常工作，同时继续兼任总工程师，今年的春节仍然在农场度过。他已近退休年届，

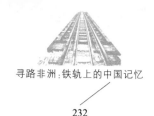

但总是在去留之间犹豫：留下，确实很累；走了，又很不舍。

前人事经理"光荣退休"后，还被农场返聘了，当上了农场围墙工程的监工。他与农场之间的恩怨就这样勾销了。

罗达接管人事工作后，虽然工作很努力，然而毕竟资历太浅、能力有限，有些搞不定她的大哥大叔们。面对农场工人的罢工，她感到有些手足无措。现在，她已经当上了妈妈，正在休产假。农场又新聘任了一位人事经理接替她的工作。

米盖托继续在农场发挥着余热，扮演中国人和坦桑尼亚人之间的桥梁。他儿子则走得更远，来到了北京，考入了中国农业大学攻读硕士，圆他自己的"中国梦"和"非洲梦"。他的中文已经和他手中的筷子一样自如。他将是中非之间下一代的桥梁，也代表着希望。

参考书目

由于本书并非一本严格的学术论著，而且资料主要来源于笔者实地采访考察的一手信息，也出于行文流畅的考虑，正文中并未按照学术领域的注释规范标注参考资料。现将本书成书过程中的部分参考书目列出，供读者自行延伸阅读。

受篇幅所限，参考过的论文期刊、新闻报道、网络资料和内部材料等，不再一一列举。在此特别感谢为笔者提供资料的人和机构组织。

铁道部第三勘测设计院主编.《援外成套项目设计基础资料汇编：坦桑尼亚》（第三篇）.北京：对外经济联络部，1976年.

铁道部第三勘测设计院主编.《援外成套项目设计基础资料汇编：赞比亚》（第三篇）.北京：对外经济联络部，1978年.

靳辉主编.《当代中国铁路对外经济技术援助》.北京：中国铁道出版社，1996年.

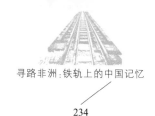

张铁珊编著.《友谊之路：援建坦赞铁路纪实》.北京：中国对外经济贸易出版社，1999年.

裴善勤编著.《列国志·坦桑尼亚》.北京：社会科学文献出版社，2008年.

尹家民.《红墙见证录》（第二辑）.北京：当代中国出版社，2009年.

罗维一.《坦赞铁路运营管理》.北京：中国铁道出版社，2010年.

丁明主编.《国家智慧：新中国外交风云档案》.北京：当代中国出版社，2012年.

The Tanzania −Zambia Railway: From Birth to Maturity. Kapiri Mposhi: Tazara，1976.

Philip Snow. The Star Raft: China's Encounter with Africa. New York: Weidenfeld & Nicolson，1988.

Jamie Monsoon. Africa's Freedom Railway: How a Chinese Development Project Changed Lives and Livelihoods in Tanzania. Bloomington: Indiana University Press，2009.

旅行花絮

疟　疾

　　疟疾与艾滋病并列为非洲人的主要杀手。2010年，据估计有少则数十万、多则数百万非洲人死于疟疾——由于疟疾发病急，致死快，因此死亡人数估算相差极大。笔者在采访中见过一个日本人，头一天遇见时还很健康，第二天就听说身故，据说疟疾只用了一个小时就夺走了他的生命。

　　笔者在非洲旅行期间也得了疟疾。当时笔者甚至已经做好了万全准备。不过，即使身体再难受，随手记录的习惯仍然没有丢掉。现将当时的感受记录原汁原味地呈现给读者：

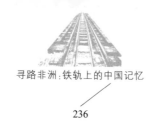

2011年11月27日晚

全身乏力,走路都很累,不想动,只想睡觉

一般非常怕冷,时而又感觉发热

有时在沙发上斜躺一个小时,才能攒足劲起身。起床、上厕所都成了非常困难的事

时不时头晕、头疼,严重时感觉天旋地转

有"麻痹感",从头到脚全身

腿发软,经常手脚冰凉

一般都在低烧,有时发烧

睡觉不踏实,中间醒来多次,盗汗,有时全身盗汗。多梦,还是噩梦,梦的情节记得很清楚

有时呼吸困难

脉搏平躺时每分钟100~120次,起身120次以上,有时150次以上

严重时感觉到心跳加快,心慌

有时出冷汗,严重时全身

食欲不振,不想吃饭,吃饭时或闻到饭味时经常会有呕吐感,恶心

几十年来,中国向非洲很多国家都派出了医疗队。这些医疗队为中国在非洲的良好形象起了很大作用。笔者到赞比亚期间,正好赶上了新一批援助赞比亚医疗队,为笔者进行了诊治。在他们的帮助下,笔者的健康得到了保证,在此也表示感谢。

轰 苍 蝇

笔者一向觉得，旅行就应该入乡随俗。不过，非洲的旅行一开始还是让笔者有些不适应。

比如吃饭。非洲苍蝇大如鸟。在外面吃饭，经常要被迫和苍蝇共享一盘食物。一开始，笔者使劲轰，不过发现怎么轰，轰完了之后马上又布满了苍蝇。只好一边吃饭一边轰苍蝇。最后，笔者实在是懒得轰了，一盘餐，我吃这边，苍蝇吃那边，你吃你的，我吃我的，互不干涉。

东非百姓吃饭的主要餐具就是手。这个笔者一开始也不习惯。后来，笔者耐心地向当地人学习。到了非洲腹地，笔者已经完全习惯吃饭用手了。通过学习，笔者才慢慢发现，其实用手抓着吃有很多好处，其中一个好处就是另一只手可以随时轰苍蝇。这比刀叉啦筷子啦强多了。

融入当地，入乡随俗，会给你的旅行带来很多的乐趣。

"你是囚犯吗？"

在非洲，流传着很多关于中国人的谣言。其中最有传播力的谣言之一，就是"中国在非洲使用囚犯当劳工"。笔者在非洲采访时，也被问到过这个问题。

这条谣言看似荒诞不经，但也并非没有根基：在非洲的中国人确实在衣着上不注意，与当地人交往少，居住环境差，工作强度大，而且男女比例严重失调，与非洲人眼中养尊处优的白人（不少非洲人将中国人划作"白人"）形象相去甚远，确实有点像"囚犯"了。

当笔者被非洲当地人问到这个问题时，笔者会耐心地解释，并开玩笑说，如果是囚犯，不远万里来到非洲，岂不是很容易中途逃跑？

但是，中国人的勤恳工作，确实加剧了非洲人的误解。比如，"加班"在国内是非常普遍的。但在非洲，休息可是上帝赐予他们的权利。"加班"是一个带贬义的词汇，有时等同于"压榨"乃至"虐待"。笔者对一个非洲人解释，说笔者自己也经常工作到夜里一两点。对方听着瞪大了眼珠张大了嘴巴，半响才说出一句："你……是囚犯吗？"

对"中国囚犯"谣言的破解，一方面当然要进行解释，但另一方面，自身的努力也很重要。要认识到中国的工作文化与非洲的休闲文化之间存在差距，才能适应当地水土。走出国门之后，不能把自己封闭在高墙大院之内，要"走出去"，与当地人交往，融入非洲。

抽象思维

在南部非洲做采访，需要给采访对象备一张纸，以便对方能在上面写写画画。尤其是数字、逻辑结构等问题，他们似乎非要写下来才能说清楚似的。一次对话下来，往往写满几页纸。

类似的还有用词。或许是受制于英语水平，但更可能是思维习惯不同，跟当地人说话的时候要少用抽象词汇，而代之以具象词汇，少用大词，多用小词。比如，不要说"汽油"（petroleum），而要说"燃料"（fuel）。

笔者无意以逻辑思维一分高下。只是，笔者认为，我们需要了解不同民族各自的思维习惯，以便更好地与当地人共同工作。

"车的颜色不对！"

在不少非洲国家，政治腐败是从上到下、"深入人心"的。但凡手中有点权力，都有用这个权力寻租的倾向。

亲身感受非洲国家的腐败，往往从边境就开始了。过关时，边检员就经常难以对付，结果时常要付出比正规费用多得多的小费。进入国门后，也会时常遇到警察在街上炮制各种理由拦着要钱，遇到笔者这样的外国人则算是他们的幸运了。笔者经常从对视警察的眼睛里读出俩字：大鱼。

这种腐败给外国投资者带来很大困扰。有人把这些要钱的比作"苍蝇"——轰走一拨，又会来一拨。大到办理营业执照，小到街上检查身份；上至国家官员，下至基层警察，规则都是通用的：如果不行贿，就要承受旷日持久的等待，乃至各种找茬；出了钱，就万事大吉。

要钱需要理由，理由五花八门。比如，"我家亲人得了病"，"我家房子着了火"，"我孩子上了学"，等等，这是要大钱的。街上拦着你要小钱的警察则会说，"我还没吃饭呢"。

中国赴非投资者面临这种问题往往陷入两难：不给吧，确实办不成事；给了，又会被眼尖的西方媒体或受西方影响的本地媒体曝光。左右不是人。

笔者在赞比亚遇上了一出比较独特的。警察当街拦下了笔者租的车——那时笔者已经对此见怪不怪了。男警察很是"绅士"，指着旁边的女警说，"她还没吃早饭呢"。笔者当时可能是疟疾上身，脾气很坏，就是不给钱。警察急了，指着笔者的车说："别人的车都

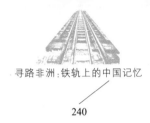
是白色的，你的车为什么是红色？颜色不对，罚款!"

在不少非洲国家，无论是市场问题、行政问题、司法问题，乃至政治问题，到最后都简化成一个字：钱。这成了制约非洲发展进步的一大障碍，也是赴非中国企业面临的困境。

伸出的手

在非洲，如果迎面一个陌生人走来，问你："可以把你的手机给我吗?"不要害怕，他不是抢劫犯，而只是一个守礼貌的普通人而已。索要，在这里是一种习惯，甚至是一种文化。

长期以来，外界给非洲投入了大量援助。大部分援助来自西方，这多少是在道义上"补偿"他们对非洲殖民和贩卖奴隶等血债，尽管笔者认为这绝非是金钱能弥补的。然而，道义归道义。不争的事实是，大量外援使一些非洲人产生了"等、靠、要"的思想，不思进取。

依赖从孩提时代就开始了。在本书的开篇，那些跟着火车跑的不穿衣服的小孩子们，看到笔者脖子上的相机，就会瞪大眼睛，露出灿烂的笑容，伸出手喊："把你的相机给我!"

成年人同样如此。即使完全陌生，说上两句话后，也会朝你要这要那，而且开口绝不会脸红——事实上，他们根本不觉得这是一件令人脸红的事。更不用提在大街上游荡的人，嘴里发着"嘶、嘶、嘶"的口哨声跟你打招呼（这种声音不绝于耳，但笔者直到离开非洲大陆都很不喜欢），一只手指着肚子，另一只手伸出来向你要钱。他们的逻辑似乎是："我饿肚子是你的错，所以你要给我钱。"

其实，早在40多年前，当时中国领导层就已经发现了一些非洲人依赖外援的"奶瓶男"习惯。在援建坦赞铁路过程中，中国坚持培养当地独立自主能力的原则，"把工地当学校"，为非洲培养了一批人才。这些人中就包括笔者在路途中遇到的马奎塔、哈吉、里姆比里等人。

然而，这种思路虽然确实培养了一些人，但并未改变当地整体依赖外援的文化习惯。今天，当"市场经济的新中国"再次来到非洲大陆的时候，不少当地人想的仍然是"你把钱给我"，而不是"我们一起用它赚更多钱"。

基础设施与上层建筑

在坦赞铁路沿线采访时，笔者经常被糟糕的基础设施困扰。土路仍然常见，包括在首都的使馆区居然也有不少土路。到了雨季，有些土路就会变成泥潭，无法行车。有几次都耽误了笔者的行程。

出行的困难也就罢了，大不了多留一两天。对笔者来说，最不能忍的是洗澡问题。在非洲腹地，澡水是稀缺资源。当地人其实很多都是在水井旁边直接洗澡的，男男女女都有。不过，笔者的脸皮和身体还做不到这一点。

在伊法卡拉和曼古拉的住宿地，笔者都是靠着"DIY澡水"，即从井里打上来点水，烧开，然后提着一桶水自己洗。出门之前，都要提前预约好澡水，否则就要在接近40度的大热天出着汗黏糊糊地睡觉了。难受还不是问题，主要是招惹苍蝇蚊子，引疟疾上身。

然而，在如此之差的基础设施上，却又盖着非常超前的上层建筑：包括极为严苛的劳动法、强大的工会、罢工权和"三权分立"的西方式民主制度。雇主如果想给员工降薪或解雇，极为麻烦，哪

怕员工偷窃公司财物,也要经过一犯教育、二犯警告、再犯开除的程序。成规模的企业必须成立工会。工人对薪资不满,首先想到的不是找一家更好的雇主,而是找工会,停工乃至罢工。而劳动制度的背后,则是西方式民主制度的支撑。

过于严苛的劳动制度,降低了对外资的吸引力,阻碍了投资与经济发展,也无法提供更多就业。实际上,这保护了工作能力不强的员工,损害了年轻的求职大军。笔者看到,大街上到处都是闲逛闲聊无事可做的年轻人。到头来,埋单者还是落在劳工头上。

笔者认为,对劳工的保护无可厚非。笔者本人的政治立场亦是倾向弱势群体的。然而,笔者认为,在非洲这些经济严重落后、人口结构又比较年轻的地区,不应当过分追求片面的劳动保护,而是要寻求投资与就业的平衡发展,首先解决温饱问题,再图上层建筑。

幸　福

在非洲,笔者与当地人打成一片,和他们同吃、同喝、同玩甚至同住过。在与他们的接触中,在他们的汗味熏染下,感受他们的喜怒哀乐。

非洲人天生能歌善舞。下了班,他们就愿意聚集在一起,又唱又跳。不需要认识,陌生人也能在一起且歌且舞。到了休息日更是如此,整夜歌舞,闹到四五点,搅扰笔者本来就脆弱的睡眠,有时候也心烦骂两句。但是,当笔者置身其中的时候,就立即被非洲人的热情同化了。经常有当地人夸赞笔者,是舞跳得最好的中国人。当然,笔者明白,这是因为不少在当地的中国人并不愿意融入当地文化。

在与当地人唱歌跳舞之余，笔者也时常被一个问题困扰：为什么他们挣得比我们少10倍，生活条件如此之差，但却似乎活得比我们还开心？

非洲人的性格是乐天的。他们享受生活，不拘泥于生活中的烦心事。只要有音乐，就能忘却所有烦恼。只要领了工资，就出去买酒或其他享受，不醉不归，或干脆不归。这一下，也许能花掉半个月的工资。钱花完了，再回去工作。他们很少有"储蓄"的观念，而更像"今朝有酒今朝醉"的生活态度，不想明天。

一方面，笔者着实羡慕他们，觉得中国人应当学习非洲文明中的乐天心态。另一方面，这也确实制约着非洲经济的积累——因为他们中的很多人根本没有"积累"这个概念。

笔者认为，任何民族都有自己的幸福观。中华民族向来以财产为大，过去是土地，现在是房产。而非洲人的幸福观则与钱财无关，幸福是纯粹来自内心的。

更好的方式，是将不同文明中的优秀一面"嫁接"进来，让我们不仅有更多收入，而且内心更幸福。

吃货在非洲

作为吃货，笔者走到哪里吃到哪里，在非洲也绝不例外，尝了很多非洲特色浓郁的食物。一路下来，笔者的斯瓦西里语水平长进不大，有限的脑子都用来记各种吃的用斯语怎么说了。不多说了，上图吧！

图 62　又粗又大的非洲香蕉(Ndizi)

图 63　东非主食乌咖喱(Ugali)

图 64　东非版烤饼——"恰帕提"配鸡肉(Kuku Chapati)

图 65　鱼(Samaki),个头非常大

图 66　鱼和米饭(Samaki Wali)配"东非炸饺子"

图 67　非洲烤肉拼盘(Nyama Choma)

图 62	图 63
图 64	图 65
图 66	图 67

人物印象

	图 69
图 68	图 70
图 72	图 71

图 68　对着笔者耍中国功夫的坦桑尼亚小男孩
图 69　非洲的孩子们
图 70　南非索维托贫民窟的女孩
图 71　伊法卡拉小学的孩子们
图 72　友谊纺织厂家属院里的小孩们

印度洋边

图 73　巴加莫约"奴隶城"石柱遗址。坦桑尼亚
　　　港口巴加莫约海边的石柱，这里曾经是
　　　贩卖奴隶的地方。奴隶们带着镣铐上船
　　　前，都会回头看故乡最后一眼，高声喊
　　　道："巴加莫约！"意为："永别了！"

图 74　达累斯萨拉姆海景

图 75　当地人拍卖鱼的场景

图 76　拾贝的男孩

图 77　印度洋边，后面的背景是达乌船

图 73	图 74
图 75	图 76
	图 77

野生动物

图 84	图 85
图 86	图 87

图 84　巴加莫约"奴隶城"博物馆

图 85　坦桑尼亚中央铁路车厢内景

图 86　坦赞铁路硬座车厢内景

图 87　在非洲当富翁

非洲舞蹈

图 88

图 89 | 图 90　图 88　与非洲人一起跳舞

图 89　作者与鼓手

图 90　作者："谢谢阅读！"

图书在版编目(CIP)数据

寻路非洲：铁轨上的中国记忆 / 陈晓晨著. —杭州：
浙江大学出版社,2014.5

ISBN 978-7-308-13052-3

Ⅰ.①寻… Ⅱ.①陈… Ⅲ.①新闻报道–作品集–中国–
当代 Ⅳ.①I253

中国版本图书馆 CIP 数据核字（2014）第 063107 号

寻路非洲：铁轨上的中国记忆

陈晓晨　著

策 划 者	杭州蓝狮子文化创意有限公司
责任编辑	曲　静
出版发行	浙江大学出版社
	（杭州天目山路 148 号　邮政编码 310007）
	（网址：http://www.zjupress.com）
排　　版	杭州中大图文设计有限公司
印　　刷	浙江印刷集团有限公司
开　　本	880mm×1230mm　1/32
印　　张	8.125
字　　数	180 千
版 印 次	2014 年 5 月第 1 版　2014 年 5 月第 1 次印刷
书　　号	ISBN 978-7-308-13052-3
定　　价	39.00 元